# 人在美國

Welcome to America

岑霞 著

作者夫婦（後右1、2）與家人合照。

北美洛杉磯華文作家協會會長古冬（前右2）、

顧問游芳憫教授（前右4），與理監事們合照。後右3為作者。

張炯烈老師（後排左 2）與內家拳術班學員們。

舞蹈老師 Virginia Morrow（右 2）和助教們，左邊為作者夫婦。

# 爬格子甘苦

屈指算來，距當年第一篇文章見報，已足足十二個年頭，我只有寥寥可數的塗鴉之作，實在貽笑大方。我最佩服那些多產作家，他們文思敏捷揮灑自如，一天完成幾篇大作是輕而易舉的事，不像我在書桌前枯坐老半天，仍無從下筆，是個名符其實的「坐家」。

據說，大部分人到了中年，都有「寫作」的衝動。也許，十二年前，我就是因著這種「有話要說」的中年情懷，不自量力提筆寫作，要把日常生活的我思我見訴諸筆墨，然而，想把心有所感寫下來，談何容易！丈夫常笑我的文章是「嘔心瀝血」之作。說的沒錯，寫就一篇短文，不知死掉多少腦細胞、浪費幾許心血。在這漫長的蝸牛爬格子歲月，我最感激外子張炯烈先生，他是每篇文章的第一位讀者，也是許多篇章裡的男主角，如果不是他的鼓勵，我可沒信心投稿。

外子在他的大作〈太座投稿記〉，談到投稿哲學：「登固欣然，不登亦喜」。然而，投稿這回事，如人飲水冷暖自知，只有當事人才知箇中滋味。若然常遭退稿，寫作人面對挫折，信心會大打折扣，甚至影響思維和靈感，我自己便有不少這樣的經驗；若稿子常被採用，心情便截然不同，不只意氣飛揚信心十足，益發文思湧現，遣詞造句更如有神助，酣暢淋漓兼有創意。說來投稿有點像賭博，一旦把稿子寄出，就像賭徒下注一樣，聽任老天（老編）的安排。不過投稿不同於賭博，寫作人必須不斷努力進修和勤於筆耕，所謂一分耕耘，一分收獲者也。我做事向來只維持三分鐘熱度，而投稿至

今竟支撐了十二個年頭，不只自己感到驚異，連外子也跌破眼鏡，我想是這種賭博心態，讓我在「輸贏」之間找到興奮和鼓勵。賭徒是永不服輸的，我也是，心想總會有「贏」的一天吧？

我謹向《世界日報》洛杉磯辦事處的某先生或某女士致意，感謝當年幫我把誤投到洛杉磯辦事處的兩篇稿件轉到台灣，交給《世界日報》「家園版編輯部」，我的兩篇拙作〈天下父母心〉與〈錢的聯想〉才得以見報。如果這兩篇「處女作」弄丟的話，恐怕以後我就沒有勇氣提筆了。

親身體驗過寫作的甘苦，才真正領悟到「書到用時方恨少」的真義。寫作的時候，常有詞不達意的無力感，寫出來的和心中想的並不相符，這時候真希望能夠像杜甫那樣，「讀書破萬卷，下筆如有神」，意到筆隨就好了。

以往看書，只作為茶餘飯後的消遣，看的多是小說，常常為了追故事情節，一目十行囫圇吞棗。現在則多讀散文，尤其愛讀名家的作品，並選些詞藻優美、行文流暢和結構嚴緊的文章精讀。我最喜歡散文大家梁實秋先生的文章，字字珠璣，簡潔雋永，融情趣、學問與智慧於一爐。他說：「作文須要少說廢話，文字要簡練，句法要挺拔，篇章要完整」。

我也愛讀張秀亞女士的作品，文字流麗典雅，意境清高。她在〈不是孤獨的、寂寞的〉文章裡談及寫作的態度：「……他寫作的動機如果是提高人類生活的境界，他應該時時走出了他的屋子，而走到稠人廣眾之中，他走向城市，走向鄉郊；走向高樓，也走向窮巷。他努力去和人們接近，他越和他們接近，他就越會對他們感興趣，他的作品中，就越發充滿了溫情……。一個寫作者，自然應該保有他自己的寂靜的一隅，那是他心靈的一個角落，以使他的妙思靈感在其中漸漸的抽長，而至揚芬吐蕊——那是他一間小小的寫作

室。」我雖沒回校選修寫作課程，在家讀書其樂無窮，聆聽前輩高人精妙獨特的見解，獲益良多。

　　回想這四十年來，在美國打拚的點點滴滴，可說是苦樂參半，尤其是在教養孩子方面，儘管我們希望下一代能夠繼承華夏傳統，但受到西方文化的影響，兩代之間南轅北轍的觀念和思維，文化溝加上代溝，往往在處理親子關係的時候，讓我有事倍功半的無可奈何。其實，生活在這個號稱文化大鎔爐的國度，又怎能奢望我們的下一代合乎標準呢，就連在美國居住了四十年的第一代移民的我，經過長年累月美式生活的薰陶，當年初履貴境的「純正中國人」，已漸漸蛻變成為中西合璧的典型老華僑了，「人在美國」，身不由己啊！然而，像大多數移民一樣，我是很喜歡美國這塊自由土地的，除了給我們提供一個安定豐足的生活環境，最難能可貴的是，我們付出的努力與血汗，都有「夢想成真」的機會！

　　本書收集了這十二年間，陸續發表在北美《世界日報》副刊和「家園版」的文章，書寫幾十年來的移民生涯，幸福溫馨的家庭生活，實則費盡心力經營出來的。慚愧得很，我沒有天馬行空的本事，只是有感而發地把生活上的一些經歷和感懷寫下來，家人和親友的一舉一動都是靈感的泉源，日常生活中取之不竭的人事物，豐富了寫作的素材，微不足道的瑣事也引發聯想。

　　本書所寫，雖然是個人的生活體驗和心路歷程，卻間接反影第一代華人，在美國討生活遭遇的甜酸苦辣和文化衝擊。本書並附錄外子張炯烈先生的幾篇文章。

　　萬分感謝北美洛杉磯華文作家協會會長　古冬為本書作序。

　　萬分感謝北美洛杉磯華文作家協會創會會長　蓬丹為本書寫跋。

岑霞　7/28/2010 於洛杉磯

作者夫婦。

# 我家嫂子

展現在我們面前的，與其說是一本散文集，不如說是一本寫真集，一部高清家庭錄像集。一幅幅溫馨的天倫樂圖，一句句感人的呢喃細語，將給人留下一份美好難忘的記憶。

女人都希望得到保護，都希望能像貓也似的，有個可以讓她靠傍和依偎的地方，嬌小的岑霞，尤其需要一個強而有力的臂彎，和一個溫暖寧靜的安樂窩。昂藏七尺、能文能武的宗兄張炯烈先生，無疑足以讓她放心又安心。沒想到的是，一聲「我家老爺」，形意拳立即變成醉拳，金剛棒也成了風中柳。試想一想，日夕相對數十載，連重話都沒有說過一句，這樣的丈夫哪裡去找！於是嫂子不但滿足了，而且陶醉了，情不自禁地一揮筆，就把一肚子的傾慕、崇拜、感恩與愛戀之情，傾瀉於字裡行間，讓人覺得捧著她的書，就像捧著一缸滿溢的蜂蜜。

這對夫妻仍然在愛戀中。這可不容易，看來岑霞是既能幹又能懶，既能嬌又能悍，不論相夫教女也好，執筆為文也好，無處不蘊涵著一份良苦的用心和貫徹始終的韌力。

找找看，有多少本書可容得下這麼多鍋碗瓢盆、尿布奶瓶，有多少夫妻能如此羅曼蒂克、鶼鰈情深，有多少家庭會如此融洽和諧、快樂美滿！這是好不容易才培育出來的甘美果實啊！這果實就叫幸福。

他們一路走來，由手牽手的心心相通，到「左擁右抱」的親密接觸，再由「橫行霸道」的嘻笑吵鬧，到青山夕陽的踏實安詳，簡樸而充實，艱辛而甜美。這大概就是他們的人生。

　　岑霞以簡潔的筆調，簡單明瞭地概括了她的幸福人生，也是一種功力。這筆下的功夫，不亞於她先生剛柔合一、拳棍融匯的真功夫。於是我們又可以用一句老話來形容這位女作家：文如其人──清爽，利索，婉約，明快，沒有裝腔作勢，沒有無病呻吟，並且用情用心，因而不論造句遣詞、鋪陳承接，都做到細密精準，很有感染力。

　　難得的是，所有素材都是隨手拈來，在平實與謹嚴之中，卻不失飄逸風趣。一句「時時刻刻讓我牽腸掛肚的人兒」，簡直就是愛的宣言，令人嫉妒。一聲「吃飯啦！」，馬上各就各位，一場「時而侃侃而談，時而抬槓挖苦，笑得上氣不接下氣」的圍桌吃飯圖展馬上拉開幃幕。女兒們都出門求學去了，害得她「常像遊魂般在孩子們的房間轉悠」，一個慈母形象立即活龍活現。最妙是患了敏感症，都可以教人陪她打噴嚏，只緣「噴嚏鼻涕打定主意跟我死纏爛打周旋到底」。甚至連遊罷包偉湖，輕輕丟下一句「我們會再來的！」，也是落地有聲，讓人深深感受到她的筆力。總之看完這本書，你會為這位作家的文筆鼓掌，為她的人生喝彩。

北美洛杉磯華文作家協會會長　古冬

右起創會會長蓬丹、會長 古冬、岑霞、華之鷹、朱凱湘。

# 我的另一半——太座投稿記

　　大女兒主修英國文學，在大學校刊當編輯，她的名字及文章，每星期都在報上出現。我家太座一向對所有印刷出來的東西，都奉為金科玉律，看見女兒的作品付梓，於是心血來潮，向我立下大志，說女兒能寫，她也能！

　　太座的優點是，凡事坐言起行。只見她馬上跑進書店，捧回一大疊原稿紙，晚飯後，便真的爬起格子來了。據她說，二十多年的工作和生活體驗，令她「文思泉湧」。我半夜一覺醒來，只見她母女兩人各據書房一角，秉持著文人「夜半無人執筆時」的捱夜傳統，仍在那裡閉門造車。

　　幾天後，太座居然寫就了幾篇文章，選了兩篇認為是嘔心瀝血之作，寄到「世界日報家園版」。自此便似懷了身孕，等待著孩子出生。她日日口中唸唸有詞：「老編呀，我知您投籃準確，請高抬貴手，別把我的稿紙當籃球呀！」她每天第一件事，便是拿起《世界日報》，對第一版上的雞蛋大的新聞、天塌下來的報導視而不見，就往「家園版」翻。但見她眉頭深鎖，嘴唇下斜像彎彎的月兒。最初幾周，尚可安慰她說：「你的文章再好，也要排隊呀！」但再過些時日，想她那篇傑作已墊了籃底，只好搬出我的投稿哲學來：「登固欣然，不登亦喜。」我說，瓊瑤初出道時，稿子不也常常旅行回家？

　　那天下著滂沱大雨，我正喝著香濃咖啡，耳聽著鄧麗君的優美歌聲，身旁的太座突然大叫：「登出來了！」我的一口咖啡幾乎跑

進了肺中。唉！文章是自己的好，只見她把印刷在報紙上的方塊字逐個看，兩眼發光，手舞足蹈，此時，嘴上的月兒迅速翻成了上弦月。

張炯烈　原載 5/26/1998《世界日報》家園版

作者夫婦和女兒們

# 目次

15

# 卷一

# Welcome to America

　　三十多年前，甫踏上美國土地時，我最大的震撼不是眼前嶄新的人事和環境，而是為我們辦理入境手續的海關人員，竟然微笑著說：「Welcome to America！」神情親切又有禮，一點兒架子都沒有。環顧四周的辦事人員，也都是一派輕鬆自若，他們哪像政府官員，倒有點像百貨公司的售貨員。在香港生活了許多年的我，竟然在外國受到這樣和顏悅色的接待，怎不讓人受寵若驚呢。中國幾千年來積習的官僚作風，政府官員哪個不是狐假虎威，板著撲克臉辦公，動輒對老百姓頤指氣使。我初來乍到，對美國的第一印象好極了。

　　來美第三天，我便迫不及待上街「觀光」，頗像劉姥姥入大觀園，對樣樣事物都感到新奇。社區內安謐寧靜，一排排拙樸的平房襯著屋前的紅花綠草，有如人間仙境，讓見慣了高樓大廈的我耳目一新，最讓我驚奇的是，偶爾經過的人都微笑著跟我打招呼道早安。看樣子美國是個禮儀之邦，孔子嚮往的「富而有禮」社會，不意讓我在「番邦」遇見了，難道是「禮失而求諸野」嗎？香港雖然滿街滿巷都是黃膚黑髮的自己人，卻沒人跟不相識的人微笑，更遑論問好了，若然這樣做，不被人當作瘋子或另有企圖才怪。那天我不停地展現微笑，跟往來的人互道 Good morning、How are you，暢快極了。

　　來美一個禮拜後，我竟敢手持地圖按圖索驥，搭公車到 Downtown 找工作。對一向膽小內向的我來說，又是一個突破，平時我連向老

師請教都不敢。想是海關人員的微笑和路上行人的微笑鼓舞著我，讓我放心又放膽勇往直前，大抵美國的老闆也是這樣笑臉迎人吧？事實確是這樣，不管有沒有空缺，他們都很有禮貌地答覆我，最有趣的是 See's Candy 巧克力店，雖然不打算請人，卻送我兩顆巧克力，讓我心裡甜吱吱的，對找工作更充滿信心。那個年代，美國經濟蓬勃，工作機會多，我在一個禮拜內已找到兩份差事。面試時，人事部經理都是笑咪咪地很和氣，像聊天一樣，我因此而勇氣倍增毫不怯場。記得有位經理這樣問我：「你沒有這方面的工作經驗，能夠勝任愉快嗎？」我想也沒想就回答：「我曾經教書，既然能夠管教四十多名學生，我想我必能勝任這份工作的。」就這樣我被錄取了。事後想起，一向拙嘴笨舌的我怎會對答如流？後來我選了離家較近的公司上班，開始了朝九晚五、夜間上課的工讀生涯。

我工作的公司共有百多位員工，各色人種都有，白人、黑人、墨西哥人……可黃臉孔包括我在內只有四位，初來乍到還真有點不適應，但既來之則安之。其實公司大部分的同事都很友善，辦公室裡 How are you、Good morning、Hello、Hi、Thank you 之聲不絕於耳，明明十分鐘前才問候過的同事，再見面時又笑嘻嘻地再問候一次「How are you」，一天裡寒喧幾十次是平常事。初時我很不習慣，覺得這樣嘮嘮叨叨的太無聊，後來適應了，竟然主動問候別人，畢竟「有聲勝無聲」，時時刻刻不忘把微笑、問候、讚美和感謝掛在嘴上，表達關懷與善意，人與人之間會相處得更和諧融洽。

此後，每逢遇到初來乍到的新移民，我也學那海關人員一樣，微笑地說：「Welcome to America！」希望他們像我一樣，在這異國他鄉順利地展開新生活。

原載 8/3/2009《世界日報》副刊

# 他們都是美國人

　　老三於今年繁花盛放的三月結婚了，與相戀多年的意中人共組二人世界。對我來說，從此塵埃落定，三個女兒都有了歸宿，我再也不用為她們的擇偶問題操心。

　　我倒不是愛女心切，要專權獨斷為她們揀選腰纏萬貫的金龜婿，而是我們居住在這個號稱種族大鎔爐的美國，各色人種混集，有白人、黑人、墨西哥人、印第安人、日本人、韓國人、印度人、阿拉伯人、中國人……等等，中國人分屬少數民族，女兒們將來的結婚對象極有可能是異族人。

　　果然被我言中，老二談婚論嫁的對象是個愛爾蘭日本混血兒，雖然準女婿樣貌端正，舉止有度，而且又是個準博士，可在我這個戴上有色眼鏡的準丈母娘眼中，遠遠不及一個黃膚黑髮、龍的傳人那樣讓人放心，他的誠信度受到莫須有的質疑，所謂「非我族類，其心必異」。我在美國生活了三十多年，對美國人的認識，僅止於點頭之交，打個招呼談談天氣而已；再則就是從報紙、雜誌、電視新聞所得來的印象，例如：美國人離婚率高、亂搞男女關係、酗酒、亂花錢……。綜合這許多負面形象，教我如何放心將女兒的終身幸福，交託給一個「爾乃蠻夷」的美國人呢！可是女兒對我苦口婆心的規勸置若罔聞，就在準女婿取得博士學位的同一個月，他倆共結連理了。還好，他們順從我們的意願，舉行了一個傳統的中式婚禮。

　　婚後女婿攜妻走馬上任，應聘到夏威夷大學擔任教職，一晃眼九個年頭過去了，明年六月便是他們的結婚十周年紀念。女兒的婚

23

姻穩定,家庭和樂,她在家相夫教子,全心全意照顧三個陸續出生的小寶貝。洋女婿是個正經八百的好好先生,戀家愛妻疼兒女,也不亂搞男女關係,也不酗酒,也不亂花錢,與我想像中的老美大不一樣。

在老二離家的第二年,老大也有了親密男友。這回可讓我們樂死了,眾裡尋他千百度,終於擇到個漢家郎,未來女婿黃皮膚黑頭髮,長相帥極了。儘管他是土生土長的第三代,舉止行藏沒半點中國氣息,然而丈母娘看女婿,還是愈看愈順眼。遺憾的是,他和女兒執意舉行西式婚禮,由於他們朋友同事眾多,我們好些親戚朋友都不在邀請之列。看來我們的東床快婿生就一副黃面孔,骨子裡卻是個「外黃內白的香蕉」,連親疏有別都不懂!

其實,我家那三個生於斯長於斯的女兒還不是一樣嗎?除了在家吃中國飯菜講中國話,她們在學校接受的是美國教育,在社會接觸的是美國人,最愛吃漢堡和炸薯條,滿腦子的美式思維和個人主義;哦,她們也是美國人!一個小小的中國移民家庭,實在難以抗衡美國大環境的薰陶!

有了老二和老大的先例,當老三把她的白人男友帶到我們面前時,我們已懂得「從善如流」了。不過,他是讓我驚喜的,作為見面禮,他竟捎來防黨、杞子、百合、淮山這些中國藥材和一本中文書,許是表達他對中華文化的熱忱吧。後來為了方便接近女兒,他千里迢迢從舊金山遷居洛杉磯;這些年來,他跟我們學會幾句簡單的廣東話,也愛喝我熬的老火湯,還三不五時陪我們上中餐館。精誠所至金石為開,對這位「白皮黃心」的嬌客,我們敞開心懷全然接納啦。之後他和女兒舉行了中式婚禮,廣邀親朋戚友,讓我和老伴當主婚人過足了癮!

原載 12/09/2007《世界日報》副刊

# 白卡的代價

　　她一向精明幹練，沒想到臨老竟然「賠了先生又折兵」，人財兩失。

　　回想三十多年前，和老伴千里迢迢來到美國，赤手空拳從無到有，先替人打工，省吃儉用，幾年後終於開了家小型製衣廠，從此夫妻倆便不曾有過休假的日子，幾乎一年三百六十五天都在幹活，不時還要加開夜班，過的簡直是「非人生活」！不過，頗堪告慰的是，終於完了美國夢，以多年積蓄購置了兩幢房子，前住後賃，那麼將來退休，便不愁衣食了。她時時為自己的精打細算沾沾自喜，深信在美國的資本主義制度下，只要勤奮工作，必然得到合理的回報。

　　六十五歲那年，她與老伴辦了退休，申請了社安退休金和醫療紅藍卡，滿以為從此吃飯、看病都由政府這位大家長來照顧了。事實上，剛退休那幾年，生活過得挺滿意順遂，每月的退休金雖然不多，加上租金收入，也勉強夠粗茶淡飯過日子，且兩老身體健康，即使偶染小恙，看醫生吃藥都由紅藍卡支付，自己只需交個十元八塊的自付額，所費有限。生活在美國三十多年，要算這幾年過得最踏實最安逸了。

　　孰料好景不常，兩前年她在公園晨運時，不小心摔斷了腿骨，前後住院達半年之久，出院時人比黃花瘦，連銀行存款也瘦了好幾圈。這時她才驚覺大事不妙，美國的醫療費用好貴啊，絕非她手上那張紅藍卡和那點兒老本所能應付，就拿她這次住院和療養院的費

用來說，紅藍卡只支付部分費用，其餘的就貴客自理了，再加上昂貴的藥物、復健師諸如此類的雜費，竟然自掏腰包付了一萬多元。回家後，身體雖然漸漸康復，可心情卻掉至谷底，想到自己精心策畫的退休藍圖，才剛開始便遭到滑鐵盧，以後年紀愈老，身體愈差，而醫療費用卻水漲船高，怎負擔得起？恐怕最後得掃地出門，連這個棲身之所都保不住！

　　怪不得一些親友未雨綢繆，退休前已將名下財產、房子等都轉給兒女，把自己變成一文不名的窮人，以符合向政府申請醫療白卡的資格。以前她頗瞧不起這些人的所為，現在卻有點羨慕他們，這些持有白卡的「富有窮人」，不但享受免費醫療服務，政府更奉上福利金、糧食券、老人公寓、房屋津貼、長期家庭護理等等，把他們照顧得無微不至有如上賓！另一類退休人士也讓她艷羨得很，這些人年紀大了才移民，從來沒工作過也沒有納稅過，既無收入又無財產，理所當然地成了「低收入人士」，不費吹灰之力便得到政府的照拂。對這類老人家來說，美國是退休的天堂。唯獨像她和老伴這些老人，既不被歸類為窮人，也不屬於富人之列，只因手頭有點積蓄和擁有出租物業，便被政府摒棄在福利門外。她自問勤懇工作，幾十年來克盡納稅人的義務，不是說有義務必有權利嗎？怎麼沒盡過義務的人反而享有福利？她愈想愈糊塗，這個國家的「不合理福利制度」讓人心寒，它懲罰勤奮正直的人，卻間接鼓勵不勞而獲和詐騙！

　　她也想詐騙政府，可是沒有兒女，不能轉移財產。倒是老伴出了個主意，他說美國政府最好騙，很多非法移民辦理「假結婚」是為了騙取綠卡，如此類推，辦「假離婚」騙取白卡有何不可？離婚後財產一分為二，各自可以擁有一幢房子、一輛汽車，和低於二千元的銀行存款，正好符合申請白卡的條件，至於多餘的款項，把它

收藏在保險箱裡便神不知鬼不覺。老伴說，「假離婚」不過是官樣文章，在離婚紙上簽個名騙騙政府而已，實則他們還是真夫妻，以後照樣生活在一屋簷下，倒是她的通訊地址要改到後屋，反正房客是乾兒子一家，容易商量。在老伴舌粲蓮花的遊說下，她果真隨他到律師樓辦了「假離婚」。離婚後，老伴待她一如既往，只是很少與她一起外出，後來老伴去大陸旅遊也是單飛，據他說是為了掩人耳目，避免被人撞破「假離婚」的祕密。她好懷念以前出雙入對的日子，為了白卡，自己竟如黑市夫人般生活。幸而，終於順利拿到白卡，犧牲總算有了代價，滿以為從此可以無憂無慮頤養天年，誰知陰溝裡翻船，噩夢才開始呢！

老伴竟然有了婚外情！公然與外遇出雙入對，最近更變本加厲，揚言要與新歡註冊結婚組織新家庭，並請她退位讓賢，搬到後屋與乾兒子同住。不是說「假離婚」的嗎，怎麼弄假成真呢？她啞巴吃黃蓮有苦自己知，又不能扯他上公堂，若告他騙「假離婚」，自己也是共犯，合謀欺騙政府，投鼠忌器之下，這個暗虧是吃定了。

回想起來，他滿口油腔滑調甜言蜜語，其實早已設下陷阱，以白卡為餌，誘她上鉤，如今誤上賊船，悔之已晚。她自問一生奉公守法，不謀不貪，若不是醫療費用咄咄逼人，若不是福利制度厚此薄彼，所謂不患寡而患不均，自己又怎會晚節不保，幹這偷呃拐騙的勾當呢。她暗暗感嘆，不公平的社會制度，迫使更多像她這樣的人欺詐政府，這就是美國現代版的「官迫民詐」！

載 2/21/2010《世界日報》副刊

# 送禮

　　三十多年前，我在美國渡過的第一個聖誕節，至今記憶猶新。那時我來了洛杉磯半年多，已經在一家電器批發行做事，我工作的部門有二十多人，除了一個土生土長的日本人，其餘的都是老美，她們對我很友善，只是嶄新的環境和人事讓我有點無所適從。日子就在上班、下班中匆匆過去，到了聖誕節的前一天，我如常上班，沒想到平時死氣沉沉的辦公室竟然生氣盎然，同事們喧鬧嘻笑，沒有一個正襟危坐，有捧著禮物四處走動的，有啜著飲料吃著糕點的，原來大家在開聖誕派對。我初來乍到，哪見過美國人過節時的熱鬧場面，最讓我驚訝的，莫過於我的辦公桌上堆滿了同事們送來的禮物。來而不往非禮也！當時兩手空空的我，窘得想挖個地洞一走了之。情急之下，我立即打電話向父親求救，請他飛車來接我去買禮物。我們在百貨公司匆匆轉了一圈，不一會兒工夫已選好二十幾份禮品，並請服務部的小姐一一包裝妥當，然後帶回辦公室，有樣學樣給每位同事奉上一份禮物。我雖心疼花了半個月薪水，卻物有所值，總算沒有出「洋相」。

　　第二年我學乖了，老早已把禮物準備妥當，氣定神閒地迎接聖誕節的來臨。其實，同事們相互贈送的禮物都是普通貨色，一瓶潤膚霜、一雙手套、一件小擺設，用禮物紙包裝得漂漂亮亮，便是一件現成的聖誕禮物。美國人過節，禮物滿天飛，送禮名單上寫得密密麻麻：家人、親戚、朋友、同事、鄰居、兒女的同學朋友、郵差、

園丁⋯⋯舉凡認識的人，一個都不能漏掉，送出的禮物如果件件都是珍品的話，不破產才怪！

當年我所目睹的送禮盛況，不過是冰山一角。美國人送禮成癖，從年頭送到年尾，名目五花八門不勝枚舉：聖誕節、情人節、復活節、母親節、父親節、教師節、秘書節等等，你來我往送個不亦樂乎。至於平時親戚朋友間的交際往來，也非禮不行。他們最常送出的是生日，其他如結婚、出生、畢業、結婚紀念、領洗、退休、升遷、入伙、準媽媽的 Baby Shower、準新娘的 Bridal Shower，諸如此類的喜慶，都送禮如儀，繁文縟節之多，讓人咋舌。美國人坦率熱情又愛熱鬧，時常藉著相互餽贈來表達情意，和提昇生活情趣。不過，他們不喜以金錢替代禮物，認為那樣沒誠意。

雖然美國在高科技領域日新月異，國人的送禮情事卻保守傳統。例如復活節禮物，來來去去都是毛茸茸的小兔子布偶、復活蛋和糖果，不然就是舊酒新瓶的復活節禮物籃（Easter Basket）；而情人節禮物永遠都是千篇一律的「紅心」──紅心情人卡、紅心汽球、紅心麥克杯、紅心巧克力、紅心小飾物、捧著紅心的泰迪熊等等，毫無新意卻百送不厭，倘若忘了給情人捎來賀卡和禮物，情人準會翻臉。

老美做事一板一眼，包裝禮物亦然，情人節禮品必須用紅色花紙和紅色花球包裝，而復活節花籃則需繫著粉彩絲帶和花球，絕對不能張冠李戴，否則貽笑大方。平時送禮，男士的禮物一律採用藍色花紙和絲帶，而女士的通常用粉紅或淺紫色，當真是男女有別啊！

以上所述，並非道聽塗說，而是後來我和丈夫經營了十九年禮品店的經驗談。當年那個被禮物唬得幾乎落荒而逃的土包子，已儼然成了「送禮高手」。敝店座落於一個華洋雜處的社區，華裔人口

佔百分之五十以上，奇怪的是，前來購物的顧客百分之九十都是美國人，中國人只佔少數。許是中西的過節文化不同，美國人逢年過節無禮不歡，咱中國人的習俗一向以食品應節，啥節慶都歡聚一堂一吃了之，吃最實惠嘛；再者，咱們來自物質條件匱乏的國度，向來省吃儉用，怎捨得這樣沒完沒了的「禮上往來」。

　　歲歲年年，我們都在店裡與老美顧客共度「送禮時光」，大家喜氣洋洋忙個不亦樂乎——他們忙著採購禮品，我們忙著討生活，從年頭忙到年尾，雖疲於奔命，卻樂此不疲！

　　　　　　　　　　　原載 01/29/2008《世界日報》副刊

# 周末小店

　　美國上班族常戲謔地說：「Friday is God」，把星期五比擬上帝，可見這天在他們心中的份量。星期五是一周最末的工作天，工作場所瀰漫著懶洋洋的周末氛圍，大家虛應故事地幹活，心中忙著編織明天周末吃喝玩樂的節目，還未到下班時間，便迫不及待作好鳥獸散的準備。

　　不管你的周末計劃如何，身為上班族，周末這兩天，你是時間的主人，不用聽鬧鐘頤指氣使，不必催促孩子起床送他們上學，不需擠公車或在高速公路上衝鋒陷陣，最讓你樂不可支的，是不用見到老闆的嘴臉和應付煩死人的事務。

　　這樣閒適愜意的周末我也曾享受過，不過那是很久很久以前的事，自從開了家禮品店後，我們便沒有好日子過了。敝店從老闆到員工，就只我和丈夫兩個人，我們是相互替對方打工；一周七天都在營業中，星期五不再是上帝！周末也要上班實在違背了上帝的意旨，可是我們身不由己呀！唯有這樣「以勤掙錢」，才勉強湊夠店租雜費和一家溫飽的用度。

　　丈夫常感嘆：「生活在自由社會，你有不工作的自由，卻沒有不吃飯的自由，為了吃飯，只好工作。」事實上，外來的移民，在異邦謀生不易，像我們這樣挺而走險，以僅有的一點積蓄經營小本生意的人，比比皆是，哪個不刻苦耐勞呢？可嘆的是，我們這些「替自己打工族」，既沒有僱主為員工提供的醫療保險，也得不到失業保險局的照拂，生意失敗倒閉了，連失業金都領不到。我們

是社會邊緣人，只好自求多福，繼續無休無止地奉獻我們的周末時間。

　　每逢周末，逛店的人多，顧客盈門，大家都來消閒殺時間，買些小玩意兒送禮或自用，因此這兩天我們的進帳比平時多。可是我卻樂不起來，尤其是見到一家家攜兒帶女喧鬧嘻笑的客人時，我的心情便陰暗起來，戚然不樂，牽掛著坐困家中的三個女兒，她們沒有父母陪伴，也沒有周末節目，此時我真恨不得把店門關上，回家帶她們吃喝玩樂去也！一家子外出尋歡作樂，一直是我們家闕如的一幅天倫歡樂圖。

　　幸而，一年中我也有幾個快樂的周末，那是每年的四月和十二月，復活節和聖誕節快到了，禮品店生意興隆，顧客都來採購過節禮品。每到周末，我們全家總動員，三個女兒駕輕就熟地在店裡幫忙、收銀包裝禮物和招呼客人，若無她們「拔手相助」，我們肯定手忙腳亂應付不來。她們在眼前晃來晃去，讓我心滿意足，心底一片安詳踏實了無牽掛，這便是我最豐富的周末節目了。打烊後，壓軸節目是一家人上餐館大快朵頤，算是犒賞她們一天的辛勞。

　　長大後，女兒們發誓不步老爸老媽的後塵，做這勞什子沒完沒了的買賣。她們是「Friday is God」的虔誠信徒，絕對不肯犧牲周末的歡樂時光。話說回來，我們這些半途出家的第一代移民，沒有驕人學歷美國文憑，唯有「以勤補拙」，以時間和勞力換取生活所需。頗堪告慰的是，勞碌半生，我們終於拉拔大了幾個孩子。卸下養兒育女的重擔後，我們竟也有餘裕每個禮拜休假一天，不過，不是周末，而是生意最清淡的星期二，對我們來說，「Tuesday is God」！

原載9/11/2003《世界日報》副刊

# 咖啡故事

　　時光荏苒，不知不覺旅居美國三十多年了，約略算來，我喝了不下二萬多杯咖啡，這個數目是以一天兩杯計算。當年初來乍到，雖然對美國食物食不下嚥，對咖啡卻情有獨鍾。那時我剛進一家電器批發行工作，同事大部分都是老美，大家嗜飲咖啡，每天一早，整個辦公室氤氳著濃郁的咖啡香。沒多久，我這老中受不了咖啡飄香的誘惑，也向咖啡族報到了。每天上班，第一件事就是給自動販賣機餵銅板，向它買杯熱騰騰的咖啡，然後邊慢嚥輕啜邊處理文件，到了下午還要再向它乞討一杯，不然咖啡癮發作起來，人便頭昏眼花手痿腳軟，不能集中精神處理事務，連提筆都乏力。咖啡下肚後，我立即精神百倍眼明手快，如同卡通片大力水手吞了波菜一樣。咖啡是我的「精神食糧」，不能一天沒有它，咖啡癮每天準時報到，比鬧鐘還準確。

　　其實，和祖父的咖啡癮相比，每日喝兩杯哪算上癮呢！若然祖父地下有知，必然對這個數字嗤之以鼻。記得我剛抵美國時，年已古稀的祖父一天就不只喝兩杯了，年輕時就更別提啦，他喝咖啡如喝水，不，比喝水還多。其實，祖父是被迫上癮的。

　　祖父於一九〇八年，亦即三藩市大地震兩年後抵美，災後的三藩市百廢待興。那時華人多聚居在唐人街一帶，生活環境艱苦惡劣，祖父和大部分的新移民一樣，幹的都是人棄我撿的粗活，報酬少而時間長。他當過雜貨店伙計、餐館打雜……，十四、五歲的他後來在一家洗衣店打工，工作時間更長，每天幹十五、六個小時，

35

起早摸黑，胼手胝足洗衣熨衫，筋疲力竭撐不下去時，便把一杯杯又濃又黑的苦水往肚裡灌。老闆倒也「慷慨」，店裡全天候都有咖啡供應。就這樣，祖父和幾個同甘共苦的夥伴，從早到晚喝個沒完沒了，終至成了不可救藥的「癮君子」。

　　父親跟祖父一樣，終日杯不離手喝咖啡。不過，他的「咖啡故事」卻另有版本。十七歲來美國的父親雖不諳英語，卻不甘心在洗衣店埋沒一生。他千方百計找機會學習英文，先是自修，後來攢了點錢便半工讀上夜校，往往忙累了一整天，三更半夜仍挑燈埋頭苦讀，咖啡成了他的「精神支柱」，日夜都靠它提神醒腦。經過多年努力，父親終於「能言會寫」了，他像隻羽翼已豐的鳥兒，振翅離開了祖父的蔭庇，海闊天空闖天下，此後他住過不同的城市，做過不同的工作，雖然他的英語能力只是小學程度，但已足夠他走南闖北了，不必像祖父那樣，終生不曾踏出唐人街半步。當我和母親來美團聚時，父親已在洛杉磯定居多年。

　　我們祖孫三代都有不同程度的咖啡癮，以及不同的「咖啡故事」，但是第四代，也就是我那三個土生土長的女兒，卻很少喝咖啡，只偶爾和朋友到星巴克咖啡店聊天時，喝杯咖啡以助談興，對她們來說，咖啡是消閒玩意兒。我們四代人的咖啡癮，可以說是一代不如一代了，這是可喜的事，畢竟咖啡對身體有害無益。從另一方面來說，我們華僑的生活品質和就業機會，卻又一代勝過一代，我們的下一代已經茁壯成長、頭角崢嶸，他們在學術、科技、工商……各個領域的成就是有目共睹的。遙想上幾代的拓荒者，他們披荊斬棘備嘗艱辛，憑著堅定不移的意志、刻苦耐勞的精神，默默地為我們這些後來者舖展了一條平坦的移民路，讓我肅然起敬。

原載 05/19/2004《世界日報》副刊

# 愈幫愈忙

忙裡偷閒，我窩在沙發裡看電視。螢光幕上鬧烘烘，一群觀眾正圍著節目主持人，看他做菜。其實，說得確切點，這是一個專門介紹新產品的「秀」，主持人正口沫橫飛地向觀眾展示一個迷你電烤箱，並作烹飪示範，只見他一會兒燒雞，一會兒烤牛排，才短短一會兒工夫，居然炮製了滿滿一桌美點佳餚。嘩，好棒！我看得目瞪口呆，饞涎欲滴，心動之下，立即抄下訂購的電話號碼，恨不得請他們把這個廚藝高超的「廚房幫手」火速送來。後來打消了念頭，還是因著丈夫的一句當頭棒喝，他說：「你打算放在哪兒呀？」

說的也是，我家廚房已「幫手如雲」，會熬湯燉肉的有慢鍋和燜燒鍋，能製糕點做麵包的有攪拌機和麵包機，負責切菜剁肉的有果菜處理機和絞肉機，替食物「驅寒溫暖」的有微波爐，如果要喝咖啡、豆漿或果汁什麼的，則有煮咖啡器、磨豆漿機或榨果汁機伺候，此外，更有打碎機、電油鍋等隨時候命。可以說，我家廚房雖小，廚具電器一應俱全，無論烤燉蒸煎炸燴炙炒，絕對難不倒它們。那麼我這個「一家之煮」，大可袖手旁觀坐享其成的了，不是嗎？事實不然，我不敢勞師動眾請它們出馬，寧願親力親為自己動手。

譬如切菜剁肉，「廚房幫手」肯定比我幹得乾淨俐落，不費吹灰之力，幾分鐘內便完成任務，可是它們不會泡菜洗肉呀，又不會善後把自己洗擦乾淨，事前和事後的工夫都要我代勞，原本請它們回來幫忙，沒想到愈幫愈忙，費時費事之至。事實上，真正能夠助我一臂之力的，只有慢鍋和微波爐，其他的「幫手」，只好在

流台上「站崗」，裝模作樣虛張聲勢，煮飯時替我打氣助陣充當啦啦隊。

我發覺，每天耗在廚房裡的時間愈來愈長，其實我燒的不外乎是幾個家常小菜，癥結在於廚房太過擠迫了，流理台上「幫手為患」，霸佔了大部分的操作空間，使我無法施展手腳，洗菜切肉時要把東西左移右挪，煎炒蒸炸時又縛手縛腳，鑊杓無法揮灑自如。

然則，為什麼我仍然對市面上的新產品趨之若鶩呢？每回走進電器行，我必迫不及待鑽進家電部，駐足觀摩欣賞那些設計新穎而造型又亮麗醒目的「摩登玩意兒」，東摸西掀一番，不由得神魂顛倒愛不釋手，最後還可能不顧一切把它據為己有捧回家去。唉！做為現代人，誰能禁得住物欲的誘惑，更何況生活在這個凡事講求個人享受，物質氾濫的國度裡。

再說，如果我生活在五○年代或更久遠的時代，我又何至於求諸眾幫手相助呢！那時候，時間一大把，我只消待在家裡相夫教子燒菜做飯，便已盡了為人妻為人母的職責。如今時移世轉，我早已和大部分的婦女一樣，淪為上班族，每日早出晚歸，家裡成了名副其實的「空巢」──媽媽不在家。

當夕陽西下，我拖著疲憊的腳步返抵家門時，雖人睏馬乏，我義不容辭匆匆鑽回我的廚房去，迎接我的是流理台上的一排幫手們，他們默默地瞅著我，彷彿說：「嗨，煮飯時間又到啦！」

原載 6/16/2001《世界日報》家園版

# 摩登時代

　　小時候，我和隔壁幾位好友都愛看查理卓別林的戲，尤其是他主演的《摩登時代》，我們一看再看，也不知看過多少回了。每回看到他扮演的那個工廠工人，被按在餐椅上，由機器代勞餵他進食那一幕，大夥兒便笑翻了天，只見那機器殷勤伺候，一會兒餵他喝湯、一會兒餵他吃糕點，餵著餵著，機器忽然失控了，把湯汁糕點淨往他臉上潑，弄得他狼狽不堪，那情景滑稽極了。其實，在日常生活中，我何嘗不是這樣，時常被高科技擺佈得灰頭土臉！

　　記得第一次和電腦會面，是一九七三年四月，那時我工作的公司要全盤革新，扔掉了計算機和打字機，迎進一台台精密醒目的劃時代新貴——電腦。幸虧那個年代還不作興裁員，不然，最低限度有一半的人要捲舖蓋走路。不過，我並沒有參與這件盛事，在同一個月，我開始休假待產，對電腦的印象也僅此驚鴻一瞥。這以後，我沒有回去上班了，我家的三個女兒相繼出生，我在家忙得分身乏術，長期與奶瓶尿布、鍋盆鏟杓為伍。老實說，那時我還沾沾自喜，慶幸不用像同事們那樣，為新科技傷透腦筋。

　　只是，即使我在家閉關自守，以育兒持家為樂，仍然沒法「獨善其身」。以加油一事為例，八〇年代的加油站已漸漸採用電腦作業，大部分的加油機變成自助式的，由顧客自己動手加油。這件看似「輕而易舉」的事，我就是學不來，幸虧加油站仍設有 Full Service，由服務員專門替我這類笨蛋加油。當然嘍，天下絕對沒有白吃的午餐，每次我得付較高的油費。後來丈夫實在看不過去，硬

把我帶到加油機前，趕鴨子上架強迫學習。在他的威迫利誘耳提面命之下，我終於畢業了，勉強合格擔任這項「艱巨」的任務。不過，直至現在，我只光顧熟悉的幾家，別的加油站我可不敢去，怕它們的機器不一樣，那時怎麼辦？

我實在非常懷念上世紀七〇年代的加油站，它永遠有服務員隨時「候駕」，只要你把車子駛進去，立即便有人前來問好說哈囉，在替你加油的同時，他還掀起車頭蓋，為你的車子檢查水箱、機油、輪胎，外加抹窗拭鏡全套服務。而你呢，只消安坐車內，悠悠然地觀賞街景，付過帳後便開車揚長而去，多麼愜意啊！這種貴賓式的服務，一點都不貴，汽油才二毛九仙一加侖，比起現在已飆至四塊錢一加侖，還要貼上免費勞動力，能不感嘆今非昔比嗎？

現在，上銀行也成了苦差。以前的銀行，職員比顧客多，而且個個笑容可掬服務週到，現在銀行裡只有那麼兩三個出納員，即使大排長龍，他們照樣視若無睹，更別說增派人手了。有次我稍微反應一下意見，那位出納小姐便說：「外頭不是有好幾台 ATM 嗎？不必排隊！」這還用說，可是我不會用呀！

自從電腦進駐我們家，我和丈夫便彷彿矮了半截，權威掃地，以往孩子都聽我們的，現在卻說：「我去問問電腦。」她們寧願相信機器而不相信人！至於 Family Time，早就沒有啦！她們一有空便找電腦談天說心事、發伊媚兒、會友、購物、找資料、看報……，想和她們說陣子話，還得預約。最讓人喪氣的是，我們凡事都要靠她們，譬如這次去溫哥華旅行，機票和旅館都是小女兒上網代訂的，四百元一晚的酒店房間，居然被她以九十元便手到擒來。生活在這個「摩登時代」，我們倒像外星人，連日常瑣事都不能自理！

丈夫比我稍微先進點，起碼他能開電視看連續劇。其實我以前也懂的，只是後來添了錄影機、卡拉 OK、DVD 後，我便搞不清哪

個遙控器管哪部機器，更不曉得該按哪個鍵。不過，別替我擔心，只要我不太挑剔，肯「夫看婦隨」，還是有節目可看的。

原載 07/31/2001《世界日報》副刊

# 生不逢視

　　如果說現在是電視時代，那麼四、五十年前便是收音機時代了，那時候收音機大行其道，街頭巷尾無處不聽到它的廣播。

　　我是在收音機時代長大的人，自小與它形影不離，做功課時開著它，不做功課時更要開著它，它是我的課餘良伴，為我排遣寂寞添增喜樂。我最愛收聽時代曲點唱和廣播連續劇。廣播劇和電視連續劇一樣，每晚一集，教人欲罷不能，不同的是，廣播劇「只聞其聲，不見其人」，其實這樣更好，讓我們有更廣闊的想像空間。

　　我還記得當年風靡全港的廣播劇「雷克探案」，晚上七點正準時播出，我們一班小孩子，每晚必守在收音機旁，屏息靜氣地洗耳恭聽。機智英勇的雷克探長鋤奸去惡，是我們心目中的英雄，這就是收音機的魅力！那時好像還沒有電視機，至低限度我沒見過。

　　第一次和電視機見面，我已是個高中生。那年隔壁阿梅家買了台黑白電視機，讓我們這群井底之蛙大開眼界。自此大夥兒貪新忘舊，全都到阿梅家報到，只有我仍然與收音機相依為命，倒不是我食古不化跟不上時代，而是我將要參加會考，母親三申五令不許浪費時間，要我每晚讀書至深夜，以應付學校每周舉行的模擬考，我連睡眠的時間都沒有，哪來時間看電視？

　　當年的會考，直把人搞得神經兮兮寢食不安。日後每逢提起香港，我便不期然想起那段廢寢忘餐的苦讀生涯，而不是吃喝玩樂的

逍遙生活，香港多姿多采的生活，我從未享受過，甚至連電視都不曾好好地觀賞過。

來了美國，滿以為從此脫離香港的填鴨式教育，可以安枕無憂欣賞電視節目了。當時初來乍到，急不及待買了台電視機，誰知螢光幕上載歌載舞指手劃腳的，竟然全都是金髮碧眼的洋人，講的是嘰哩咕嚕的洋文，我愈看愈不是味道，傷心失望之至，從此便對電視機不屑一顧。我又再一次與電視擦肩而過，以前在香港是沒時間看，現在則是沒節目可看。

當年的洛杉磯還沒有中文電視台，甚至連中文廣播電台都沒有，日子過得乏味又無聊，我平時就以帶來的國語時代曲唱片和幾本中文書消閒解悶兒。那幾本被我翻得殘缺不全的武俠小說，我仍保留著作為紀念，至於那些黑膠唱片，經過歲月的淘洗，時代曲已變成老歌，唱片表面亦已磨損殘破而不能用了。

後來洛杉磯終於有了中文電視台，我雖躬逢其盛，卻無（眼）福消受。此時我已為人妻為人母，每日有忙不完的活，又要上班又要照顧孩子又要打理家務，忙得焦頭爛額分身乏術，而且我家早有明文規定，孩子讀書寫字時，任何人都不許看電視，待他們做完功課看罷電視上床睡覺，又輪到丈夫看晚間新聞，電視有空時，我已呵欠連連，累得眼都睜不開，況且時已深夜，沒啥節目可看。真羨慕那些「沙發馬鈴薯」，可以從早到晚窩在沙發裡看電視殺時間，而我竟然沒時間可殺，哀哉！

光陰荏苒，養兒育女的苦差終於卸下，家事和炊事酌減，我居然也有點時間可殺了。欣喜之餘，我們立即買了部數碼電視機回來，夫妻倆一起看電視殺時間。不知是我不習慣看電視，抑或是年逾半百，髮蒼蒼而視茫茫，每每才看了十來分鐘，便昏昏然找周公去了。原來要做個「沙發馬鈴薯」，還要有點能耐呀！

　　此生注定與電視無緣，以前是「生不逢視」，沒機會看，現在是時不我予，力有未逮。也許，人生本來就是這樣的吧？！

原載 2/25/2003《世界日報》家園版

# 把垃圾送給他們

今早，我讀到一則報導：巴基斯坦境內有著成千上萬的拾荒兒童，年紀最小的才七歲，他們沒有謀生技能，家境貧困，甚至無家可歸，每日在垃圾堆撿破爛撐飯吃，把瓶罐廢紙塑料之類的廢物，賣給回收站。只是，當地物質匱乏，僧多粥少，所獲不足以維生，這些可憐的孩子經常吃不飽穿不暖，飽受饑寒交迫的煎熬。

我把報紙給小女兒看，讓這個豐衣足食的孩子知道，在這世界上，有很多不幸的兒童，連最基本的生活條件都闕如。讀罷，她忽發奇想：「如果把我們的垃圾送給他們就好了。」

說得不錯，我們這裡的垃圾，內容豐富包羅萬有，絕對不只殘羹剩菜、破銅爛鐵，更有電器家具衣物……甚至電腦微波爐等高科技物品，不都是那些可憐的孩子夢寐以求的「寶貝」嗎？若能送給他們，管夠吃飽穿暖，不必捱饑抵餓了。

為啥我們有這麼多「寶貝垃圾」？美國資源充足，社會富裕，人們豐衣足食，對物質的索求，更到了迷戀的地步，舉凡新奇時髦的玩意兒，莫不趨之若鶩，而過時不合潮流的東面，便棄若敝屣丟進垃圾桶去了。如此不斷地汰舊換新，垃圾焉能不多！

再者，美國人把逛公司購物作為休閒消遣，碰到公司削價大傾銷，更是狂買濫購，可以說，哪個家庭不是「存貨」充塞，很多東西根本沒用過，過時了便被扔掉，再加上日常垃圾，報紙雜誌、瓶罐紙箱等等，垃圾桶永遠「常滿」。美國人口不過三億，卻耗掉了地球四分之一的資源，人們製造垃圾的速度真驚人啊！

　　去年，鄰居搬家來個大清倉，我在他們的「廢物堆」裡，撿到一台收音機、一把電風扇和一部吸塵機，功能居然完好無損。其實，這些被我搶救回來的東西，不過是滄海一粟，被迫「提前退休」的物品多如恆河沙數。

　　有次我開車經過一個廢物場，那景象讓我印象難忘，裡面滿坑滿谷堆滿了「老爺電腦」，琳瑯滿目卻乏人問津，這些當年各領風騷的高科技產品，曾幾何時，因趕不上時代，就這樣被淘汰出局了。人們為了追求更尖端更新奇的科技，不斷地創新，然後又不斷地丟棄，毫不憐惜地浪費了地球有限的資源，給人類帶來無窮的後遺症，破壞自然生態，把地球弄得體無完膚。

　　前不久，一位親戚來我家作客，談及當年糧食短缺時的苦況，只靠米糠粥水來果腹，因此之故，他非常珍惜食物，從不浪費。來到美國，見到人們隨隨便便的把食物倒進垃圾桶，讓他感到非常心痛，不由得想到億億萬萬生活在非洲、印度、亞細亞的人，他們長期在饑餓邊緣掙扎，營養不足疾病叢生，時時刻刻都受到死亡的威脅。他的一席話，讓我怍愧不已，在美國住得久了，不知不覺沾染了美國人的浪費習慣，早已忘了「誰知盤中飧，粒粒皆辛苦」的古訓。

　　女兒異想天開，要把「美國垃圾」送給那些可憐的孩子，可是山長水遠，怎樣送呢？再說，把「垃圾」送給人家，實在唐突無禮之至，還是另想辦法幫助他們吧。

　　不過，女兒的話確是當頭棒喝，發人深省，想想看，如果我們繼續揮霍無度，恣意浪費，製造「垃圾」，遲早會把地球有限的資源用罄，而秀麗的北美洲終會變成「垃圾洲」的。

原載 12/12/2001《世界日報》家園版

# 求助無門

　　用了十多年的冰箱突然「生病」，發覺時它已奄奄一息不透一絲冷氣，我用手摸摸冰庫裡凍藏著的肉類，全都軟綿綿的滴著血水，血肉模糊的樣子讓人不忍卒睹。我們立即著手搶救，我把尚未變味的豬肉牛肉雞肉，煮的煮、熬的熬，幸而損失不大，只丟棄了兩包冷凍餃子和一包魚肉，丈夫則拿著工具，鬆開螺絲，推敲檢查盡力搶修。可惜忙了半天白費氣力，無計可施之下，只好打電話求救。

　　這台冰箱是十三年前從一家大公司買回來的，這家公司信譽良好，不只「保證退貨」，且售後服務極佳，我家大部分的電器用品，諸如洗衣機、烘衣機、冷氣機、電視機等，都是向它買的，也曾和它的服務部打過好幾次交道，一通電話過去，立即轉接修理部，安排時間上門修理，方便之至。

　　這次我如法炮製，打電話到服務部，沒想到電話那頭傳來冷冰冰的聲音，像是電腦在講話，聲音模糊，好像從很遠的地方傳來。在電話上跟電腦對話尚屬首次，我不知所云，又重複撥了幾次電話，才弄清楚原來是場「問答遊戲」，諸如：「請問找銷售部、修理部、服務部或……？」、「你需要什麼服務，付款、退貨或……？」最後我結結巴巴的總算答對所有問題，獲電腦大人開恩，接通修理部。這中間我花去十五分鐘，不知死掉多少腦細胞。

　　原以為接通電話後便好辦事，未料修理部電話鈴響了一陣子，才傳來「人的聲音」，這位小姐的英語帶著濃重的外國口音，說話

語焉不詳，我豎起耳朵全神貫注仍聽不明白，只好請她重複再三，才聽清楚她的意思，經過一番對話，最後蒙她安排下星期二派人上門修理，至此總算鬆了口氣，看看時鐘，前後竟用了三十分鐘。以前這家公司以服務至上，現在這樣怠慢顧客，辦事毫無效率可言，難道也像別的公司那樣，把客服部搬到外國，僱請工資低廉的員工以節省開支？只是服務品質如此差勁，實在得不償失，一通簡單電話，竟然弄得如此繁瑣，讓顧客不勝其煩，難怪這家公司的生意大不如前，售後服務可能是原因之一。想想看，以後我還會買這家公司的電器嗎？

幾個月前，因著一樁交通意外，我打電話向保險公司的理賠部交涉，也遇到有理說不清的情況，該部門的工作人員雖然英語流利，卻對美國的高速公路和交通法則不甚瞭解，經我花了不少唇舌解釋，她才明白錯在對方駕駛人，同意我不需付自付額，看來這家公司的理賠部也設在外國。當時跟她在電話上舌戰，真令我感到氣餒。

這些大公司為了賺取更高的利潤，竟妙想天開越洋僱用外國員工，然國情不同，外國員工無法理解美國文化和習俗，辦起事來事倍功半，且遠水救不了近火，往往令顧客求助無門。世上哪有「又要馬兒好，又要馬兒不吃草」這回事，把工作機會都往外國送，因果循環將令失業人口愈來愈多，勢必拖累經濟和消費，不知聰明的大老闆可曾考慮過？

原載 5/31/2010《世界日報》家園版

# 保險情結

　　今天我到電器行買了一部電視機，因是特價貨，連稅才花了二百七十六元，我喜孜孜地付錢，冷不防售貨員問：「要買維修保險嗎？五年的保費才五十九元，划算得很。」我明知這部嶄新的電視機，幾年內不可能出狀況，可是禁不起售貨員死纏爛打的遊說，最後還是付了「安心費」，心安理得地捧著電視機回家去了。

　　我時常有這種莫名其妙的憂患意識，別人危言聳聽一番，我的信心立即掉進谷底，危機彷彿就在眼前。很多時候，我因著這種杞人憂天的心態，購下各式各樣的保險。有次一位經紀人舌燦蓮花的向我推銷人壽保險，他說：「這真是一本萬利的投資，所費有限，好處就多了，萬一……，孩子都有所保障。」我心知肚明此乃陳腔濫調的推銷術，但還是憂心忡忡，心裡起了疙瘩，趕忙找丈夫來商量，結果兩人都投下了巨額的人壽保險。

　　話說回來，生活在美國，有些保險是非買不可的，醫療保險是其一。美國醫療費用驚人，非一般人家所能負擔，據說患病送院，如無醫療保險或現鈔，醫院有保留「見死不救」的權利。姑勿論此說是否屬實，我毫不猶豫繳上保費，避免投醫無門誤入枉死城。汽車保險也在「必買」之列，在加州沒有保險就是沒有通行證，駕駛汽車是違法的事，若被警察逮個正著，說不定還有囹圄之災，而且加州是律師的天堂，他們打著口號：「得不到賠償，不必付款」，到處興風作浪，連最輕微的車禍都可能被扯上公堂，動輒賠上巨款不

足為奇。自忖沒能耐跟他們斡旋，我趕緊投靠財雄勢大的汽車保險公司，由它出頭擋風蔽雨。

原以為有了這些保險符咒，便可安枕無憂，實則不然，自從有了醫療保險後，我比以前更加小心翼翼照顧身體，生怕偶一不慎病倒，殃及保險公司為我破財，惹怒他們把我逐出保險門外。至於駕駛汽車，我就更為戰戰兢兢了，也諄諄告誡家中成員，千萬別違規犯例，被保險公司列入「拒絕往來客戶」才糟糕呢。雖說保險之道，在乎「養兵千日、用在一時」，但長年累日永無休止地供奉著保險，實在心不甘情不願，可是沒有它，日子肯定過得心驚膽戰。對於保險我又怕又恨又愛。算來算去，保險公司才是永遠的大贏家。

初來時對保險的一竅不通，現今儼然成了專家，我們買過的保險名堂也愈來愈多，從最初的汽車保險和醫療保險，後來陸續添加了房屋保險、房屋地震保險、牙齒保健保險、人壽保險、汽車維修保險、家電維修保險、信用卡保險、旅行保險、生前信託附購的人壽保險等，後來為了萬無一失，索性購買了巨額的「傘式責任保險」，未曾買過的只有水災保險，蓋本地雨少乾旱，永無水災發生的可能。

如今老之將至，保險經紀人早已迫不及待，鼓其如簧之舌，向我們推銷專為老人而設的「長期護理保險」了。

原載 10/9/1999《世界日報》家園版

52

# 誰是外國人

　　數十位家長在一所高中舉行會議，我是其中一位。我們熱烈地討論著學校的措施和活動，正在眾說紛紜議論得如火如荼之際，一位華裔家長獨排眾議，說道：「咱們中國人這樣……，他們外國人那樣……。」

　　在座一位精通中國話的美國人立即反唇相譏：「真不知誰是外國人？這裡明明是美國，中國人才是『外國人』呢！」

　　　　　　　　　　　　　原載 8/25/1999《世界日報》副刊

# 卷二

# 家有武痴

　　退休這些年來，丈夫快活似神仙。他每天起個大早，匆匆吃過早餐後，立即展開一天的活動，先打太極拳，再來就是掄刀舞劍，待會兒學生上門跟他學武，他還可以過過老師癮。秉著對武術的濃厚興趣，他時時不忘鍛鍊，時時不忘鑽研，身心有所寄託，生活過得充實又忙碌。有時我暗暗捏一把汗，幸虧喜歡的是強身健體的武術，而不是嫖賭飲吹那些傷身敗德的不良嗜好。

　　丈夫由文痴變武痴，還是結婚後的事。婚前他是個埋首書堆的標準文學青年，加上外表溫文爾雅，讓我傾心不已。婚後的他依然熱愛文學，倆口子閒來無事最愛逛書店，談談文學看看書，日子過得寫意又逍遙，有啥比夫妻倆擁有共同的愛好更幸福呢！沒想到後來他認識了一位造詣不凡的武林前輩——貢仲祥大師，從此便「棄文從武」。他也不是不看書，只是看的都是武術方面的書籍，什麼武林秘笈啦、什麼拳術劍術啦……，真搞不懂這些枯燥無趣的書有什麼看頭？

　　貢仲祥老師武藝高超，精通各式各樣的內家拳術和劍術，而且文武兼備，寫得一手好書法。老師真人不露相，舉止談吐溫文儒雅，怎麼看都不像一位身懷絕技的武學大師。他跟丈夫的第一次見面，便露了一手絕藝，讓丈夫佩服得五體投地。他囑咐丈夫推他一把，當丈夫觸到他的手臂時，卻被一股強大無比的內勁震得踉蹌後退，而老師卻好整以暇原地不動。老師的見面禮真箇讓丈夫大開眼界，從此便死心塌地隨師學藝。老師囑他從紮根功夫入門，先學習「太

極十三勢」。自此他便開始了每個禮拜兩天的學武生涯，其他日子則在自家後院埋頭苦練。為了配合上班時間，天還濛濛亮便起來練功，不管是氣候和暖的夏秋、寒風凜冽的冬季，或是微雨紛飛的春天，他照樣風雨不改聞雞起舞。他的苦學精神讓我又佩服又擔心，擔心他會受寒生病。可是說也奇怪，經過櫛風沐雨洗禮的他，竟然練就一身銅皮鐵骨，百病不侵。

習武兩年後，他正式成為老師的入室弟子，行過磕頭拜師大禮後，才真正進入武學的殿堂。之後老師循序漸進，依次傳授太極長拳、推手、散手對打、烏龍拳、形意拳、太極刀、太極劍、龍形劍、武當對劍、三合刀……他學的愈多，練習的時間也就愈長，到後來他竟然比鳥兒起得早，不然哪有足夠的時間來「溫故學新」呢。我謔稱他是個機器人，因為只有機器人才不厭繁瑣、不怕勞累，一遍遍重複又重複地練習同一個招式──起落鑽翻、推手蹬腳……一招一式務必做到和老師教導的一模一樣。後來為了有個寬敞的練武場地，他硬把後花園鏟平，鋪成水泥地，好好的院子變了個光禿禿的運動場，再也沒有花香鳥語了，真殺風景，家有武痴，只好認命！

開始練習八卦拳時，他在地上畫了個大大的八卦圓圈，然後踏著八卦步法遊走其上，一遍又一遍地練習著，神情凝重又專注，脫胎換骨變了個人似地。平時他幫我做家務，總是拖泥帶水苟且了事，譬如掃地，就像在地板上寫大字報一樣，洗碗又粗心大意敷衍交差，我笑他是家裡的「差不多先生」。沒想到「差不多先生」練習武功卻如此嚴謹細心，如果他對家務事也是這樣該多好！

退休後，他開始傳授武術弘揚國粹。丈夫感嘆，學生中美質良材兼能持之以恆的不多，很多都是學了一段時間後便半途而退。他常說習武的過程非常艱辛漫長，如無堅毅不拔的意志和苦幹的精神，必然會半途而廢。若要學藝有成，必須具備四個條件：對武學

有濃厚的興趣，此其一；身體適合，能下苦功，此其二；心靜氣和，而有恆心，此其三；遇有明師，肯誠意傳授，此其四，缺一不可。他的老師常用「寶劍鋒由磨礪出，梅花香自苦寒來」勉勵弟子，就是要他們「下定決心，堅持到底」，方能有所成就。每回丈夫應邀上台表演國術，我不禁想起他學藝過程之艱辛備嘗；舉手投足間的虛實分明、剛柔相濟，而身法又沉實穩健、明快有力，都是經過良師長期苦心孤詣地栽培，加上自身鍥而不捨刻苦地鍛鍊，決非台下觀眾所能體會。常言道「台上一分鐘，台下十年功」，台上的每一分鐘，都是汗水和毅力的結晶啊！

原載 5/5/2009《世界日報》副刊

## 貢仲祥大師簡介

　　貢師年少時在上海拜在褚桂亭和王壯飛兩位大師門下，勤學苦練武藝數十載，蒙二位老師將畢生拳藝傾囊相授，盡得兩師真傳。褚桂亭大師是清末武術名家李存義、太極泰斗楊澄甫及劍王李景林之得意高足；褚師精通太極、形意、八卦、醉八仙、推手、散手、刀槍劍等兵器，名聞大江南北，為近代最傑出的武術氣功大師。王壯飛大師是清末大內總管、武林頂尖高手董海川的徒孫，大師精研宮廷八卦拳，號稱八卦拳王。

　　貢仲祥大師曾出任上海市武術協會教練、武術隊隊長，並由同濟大學聘請為武術顧問兼教練。貢師拳藝高超，功力深厚，太極、八卦、形意三種內家拳無一不精。在歷屆世界杯國際錦標大賽、海華杯武術邀請賽、國際名師表演賽、歐洲杯國際武術錦標賽等，均獲殊榮，是傑出的世界級武術氣功大師。

# 老爺的菜單

　　清晨起來，丈夫已在院子裡習拳練劍，拳來腳往虎虎生風。退休後的他，不必再汲汲營營為五斗米折腰，每日有充沛的時間作休閒活動，練武、看電視、讀書、彈琴、上網……，生活過得寫意又充實。唯一美中不足的是，他最近的驗血報告，膽固醇稍高，許是退休後我們常上館子吃肥啖膩的原故。家庭醫生曾建議服用降膽固醇藥，不過卻被拒絕了，他一向堅持盡可能不依靠藥物的。

　　後來，我們採納了醫生的另一個方案 vegetable diet。他說 vegetable diet 並不等於吃素，每日的膳食是以蔬果米飯為主，肉類為副，肉的總攝取量每天不可超過六盎士，且要多吃魚少吃紅肉，以維持營養的均衡。回家後，我們立即付諸實行，餐桌上從此換上一盤盤青翠綠黃的蔬菜、素白清淡的豆腐，以及魚鮮和雞肉。我義不容辭陪丈夫啖魚啃菜，女兒們卻嫌食物過於清淡無味，我另給她們做些可口的菜餚。每個週末我們一家仍照樣上館子打牙祭，總不能天天清茶淡飯過日子，吃乃人生至高的享受，暫且把膽固醇擱諸腦後吧。

　　如此過了半年，丈夫再次驗血，vegetable diet 竟然小兵立大功，好膽因醇提升到六十九，比醫生期許的更理想，而壞膽固醇呢，套句股市術語：已向下修正低過一百點了。我們喜出望外，原來蔬菜豆腐和魚，就是「膽固醇殺手」！

　　剛進行食療時，面對超市五花八門的蔬果魚肉，讓我眼花撩亂，要怎樣配搭才能收到食療的功效呢？後來我到書店搜羅了一些

健康飲食的書籍，摸清楚各種食物的營養價值和作用，然後給我家老爺擬就一份早、午、晚三餐的菜單。

我們的早餐，通常是饅頭或全麥麵包、脫脂牛奶或豆奶，外加我熬製的「中西合璧粥」。粥的作料有黑豆、蓮子、薏苡仁、枸杞子、淮山、芡實、糙米、胡蘿蔔、蓮藕、洋蔥，以小火熬煮三、四個小時，熬好後，用打碎機打成糊狀，煮開後待冷卻，然後存放在冰箱裡作數天用。這些食材有健脾益肝補腎、兼去膽固醇的效能。

至於午餐和晚餐，通常是當時得令的各色蔬菜和水果、豆腐、魚或雞，偶爾也吃牛肉和豬肉，並以糙米代替白米飯。這種飲食方式合乎中庸之道，中醫文獻《黃帝內經》記載：「五穀為養，五畜為益，五菜為充。」也就是說，穀物可養體，肉類可補體，水果和蔬菜可充實身體。所謂「千補萬補不如食補」，與西方的營養均衡觀念不謀而合。

一年下來，我們啖魚啃菜已成家常便飯，且甘之如飴了。只是以前吃香喝辣，不知膽固醇為何物的日子何等寫意，也很讓我懷念！

原載 3/5/2002《世界日報》家園版

# 牧羊人的眼睛

據丈夫說，當年第一次見我，給他留下深刻印象的，是我的一雙眼睛。沒想到這雙「慧眼」，後來成了他工作上的好搭檔，因為我們開了間禮品店。

敝店雖小卻五臟俱全，各式各樣的禮品琳琅滿目，像一群群小綿羊，溫順地趴在貨架上、櫃檯裡，其中不乏小如指頭卻價值不菲的呢！我和丈夫充當「牧羊人」，每日盡忠職守在店裡看「羊」。顧客光臨，我們一面堆起笑臉迎客，一面鼓著圓滾滾的眼珠兒，暗暗打量來人，忖度他們的來意。經驗告訴我們，進門的不一定是顧客，其中不乏偷雞摸狗混水摸魚之徒。遇有獐頭鼠目形跡可疑之輩，我們便暗暗戒備，前呼後應展開行動，咄咄迫人的眸子如照明燈般隨著來客滿場遊走，以免被人「順手牽羊」。

別以為看店是件簡單的事，顧客不停地在眼前晃來晃去，我們不但要保持笑容可掬，還要眼觀四面耳聽八方，隨時隨地注意他們的動靜，一天下來累得人頭昏眼花。直至發現了箇中另有真趣，這件悶死人的看店生涯才稍有點興味。說得坦白一點，我們是苦中作樂，在看店的同時，順便給客人看相，從他們的面貌神態、舉止行藏、穿戴搭配等等來忖測他們的性格、背景和身份。十多年來，我們閱人無數，儼然成了「相學家」，然而日久成癖，現在不論在任何場合，總是不由自主地施展「看家」本領，瞪著銅鈴般的大眼，明目張膽地往別人身上梭巡，可說是唐突無禮之至，難怪別人說我們有雙「勢利眼」了。其實我們是「眼不由己」，這是環境造成的職業病呀！

　　當年興起開店的念頭，與我愛逛禮品店不無關係。開店後朝夕與精品為伍，日子久了，雖不致望而生厭，但已沒啥感覺了，所謂「英雄見慣亦常人」嘛，何況是禮品。以往丈夫送我的生日和婚慶禮物，我必迫不及待拆開，以一睹內裡乾坤為快；現在呢？丈夫不褪色的情意自是讓我心裡甜絲絲的，對餽贈的「內容」卻不再存好奇，大抵已臻至不為物欲所惑，心如止水的境界了。我把弄著禮物的當兒，還不忘在商言商：「挺可愛呢，我們也進點貨吧！」

原載 06/28/2000《世界日報》副刊

# 火車上

　　惦著要和丈夫搭火車，天還濛亮我便起床，心頭熱烘烘地，既興奮又緊張，我們從未坐過長途火車呢！

　　火車準時九點正自洛杉磯 Union Station 開出，將於明日傍晚時分抵達目的地西雅圖。因晚上要在火車過夜，我們搭乘「頭等軟臥」（sleeping car）。不過，火車的頭等，別說氣派闕如，除了僅能容下兩張座椅和一張小几子，連個放置行李的地方都騰不出來，座椅更是物盡其用，拉開椅背便成一張單人床，另一張床則懸掛在半空；倒是服務小姐笑容可掬。還有，房間裡那扇偌大的窗子，最值回「票價」，它充當戲院的大銀幕，讓我們飽覽湖光山色。

　　蝸居在小房間裏實在太氣悶了，我們不時到「客廳車」（parlor car）走動，透透氣，順便舒展一下筋骨。其實，不只我們，很多乘客都不約而同聚在這裡。「客廳車」明亮寬敞，擺放著一組組的沙發、座椅和小几子，臨窗更有卡座供人觀賞沿途風景。它還有個全天候開放的飲料間，由專人負責煮咖啡及調酒，免費為乘客提供各種各樣的飲料和零食，只酒要掏錢。每日下午三點，這裡熱鬧非凡，「客廳車」請客，開「品酒派對」。這時節，好飲者樂不可支，紛紛聞酒而至，把酒談笑，醺醺然喝個不醉不歸。我和丈夫向來滴酒不沾，自不會來湊興，寧願退居斗室。其他時候，則常在此喝咖啡啜著，談談人生、看看風景，偶爾還打陣子撲克牌。以往開車去旅行，我們顧著找路標看路況，加上身邊永遠不缺三個吱吱喳喳的女兒，哪來閒情欣賞沿途景色，更甭提品茗玩牌了。這回只我們兩

個，了無牽掛，心底一片安謐寧靜，原來旅行是可以這樣優閒自在的呀！

　　坐火車旅行，最愜意是不用自己動手燒菜做飯，早午晚三頓，我們只消按時到「餐車」（dinning car）恭候入席，不費吹灰之力便把民生問題解決了。火車餐又豐盛又好吃，菜色五花八門，美食當前，怎能不大快朵頤！牛排、豬排、燒雞，甜品、雪糕等輪流上桌，平時的飲食守則早被我拋到九霄雲外，度假嘛！丈夫不為美食所惑，照舊啖魚吃菜，他邊吃邊向我訓話：「別吃牛排、起司、蛋糕……，多吃沙律、蔬菜……。」只是言者諄諄，聽者藐藐，我照吃如儀！再說，窗外景致如詩如畫秀逸壯麗，綠水青山倏然而至，倏然而逝，綿延不絕變化萬千，我們彿彷席地幕天，在山林荒野中饗宴，這樣渾然天成的格調，又豈是高級食肆刻意營造出來的氛圍所能比擬，我自然吃得痛快淋漓啦！

　　火車經過整夜顛簸奔馳，翌日清晨進入北加卅境，窗外一泓小溪，曲曲折折隨意而流。我極目遠眺，漫山遍野都長滿了叢叢簇簇的紅木和杉樹。火車順著山勢蜿蜒而上，不知不覺間竟已攀登至幾千呎高的山腰上。幽谷深不見底，但見樹葉濃密，蔥蘢鬱綠，仿若壯闊波瀾，在晨風中蕩漾。火車就這樣迂迴穿梭於崇山峻嶺之間，窗外峰迴路轉，景觀千變萬化，時而千峰競秀層巒疊嶂，密密麻麻的長青樹昂然矗立、蒼勁挺拔；時而路廣林茂，綠樹掩映中，居然出現一個荒山小鎮、幾戶人家。然後火車緩緩下山了，再度馳騁於廣袤原野上，此處已近華盛頓卅，遍地芳草如茵，綠意盎然，天地間似乎除了綠，便沒有別的顏色了。接近西雅圖時，火車一直沿著太平洋岸邊走，夕陽餘暉把海面灑滿一片金黃，閃耀生輝。不久後，太陽一寸一寸地沉下海底，暮色愈來愈蒼茫了。

　　西雅圖已經在望，火車之旅即將曲終。幾天後我們將會再回來，一列南下的火車將載著我們，再享受一次火車生活，再欣賞一遍沿途美景，誰說時光不能倒流？

原載 1/14/2002《世界日報》副刊

# 包偉湖觀岩賞石

　　原以為這趟參加旅行團，和往常沒兩樣，無非是到名勝景點走馬看花，拍些「到此一遊」的照片，和接受導遊絮絮叨叨的「填鴨教育」。沒想到回來已一個多月，包偉湖（Lake Powell）瑰麗奇雄的景觀依然縈繞腦際，像錄影帶般輪迴放映。

　　六月初的一個清晨，我和丈夫拎著輕便的行囊，興匆匆登上旅遊巴士，參加包偉湖三夜四日旅遊團，和車上五十多位有緣人，一起去中西部探訪大自然。我們於黃昏時分抵達猶他卅南端小鎮 St. George。一宿無話，翌日乘車抵達包偉湖時才六點多鐘，朝陽已爬上半空，天色蔚藍讓人神清氣爽，可是包偉湖酣睡未醒，週遭安謐寧靜，湖面波光瀲灩，湖邊停泊了十來艘遊船，恭候遊客的光臨。導遊說我們將在此消磨大半天，重頭戲是遊船河觀賞奇岩怪石，以及世界七大自然奇景之一的彩虹橋（Rainbow Bridge）。

　　還未上船，我便為眼前這泓湖水目眩神迷。包偉湖煙波浩渺湛藍深邃，最奇特的是，湖上竟然匍匐了叢叢簇簇、奇形怪狀的巨岩，遠看像山又像島，宛似一個千島湖，這些小島卻又寸草不生光潔溜溜，光禿禿地赤露了石的本色，以淺紅色為基調，夾雜著一層層的深褐色、土紅色、淺黃色、灰白色……，層次分明色彩繽紛，像是畫家為它們塗抹了五顏六色的顏料，其實，這些都是大自然鬼斧神工的傑作。

　　包偉湖位於科羅拉多河中上游，直貫猶他卅和亞利桑拿卅，湖岸線長約 1960 哩，比整個美國西海岸線還要長。包偉湖原是桂林

峽谷（Glenn Canyon）的一部分，後來卅政府在這裡築了水壩，利用水力發電，不僅為猶他卅和亞利桑拿卅的幾百萬居民提供低廉電力，更營造了一個風景奇美的人工湖。蓄水後，提升的水位淹沒了部份峽谷，現在矗立在水中的小島嶼，就是一個個沒有被淹沒的峰頂。見到包偉湖，我不由得想起長江三峽的水壩工程，不同的是，包偉湖淹埋的是峽谷，而三峽埋葬的卻是歷史古蹟。

魚貫上船後，大部分團友都坐在下層，那裡比較陰涼，我和丈夫選坐上層，這層沒有遮陽蓬，直接受到太陽的荼毒，但這裡視野廣闊，把湖光山色一覽無遺。幸虧有備而來，我們忙不迭戴上寬邊草帽，而且湖水沁涼，微風輕拂，吹散不少暑氣，這樣徜徉於山懷水抱間，倒也逍遙自在。這時湖面漸漸熱鬧起來了，遊船、水上單車、小汽艇、獨木舟等等，攪得水波翻騰。

不久後我們越過卅界進入亞利桑那卅，船穿山越水蜿蜒前進，湖中山影幢幢，嵯峨崢嶸的巨岩，或夾道相迎，或迎面而來，時前時後時左時右，在船的周圍神出鬼沒。我極目遠眺，巨岩怪山星羅棋布，把個偌大的湖面分割成一片片小水域，船行至山窮水盡疑無路時驚險萬狀，彷彿快要撞上山岩了，幸而山不轉船轉，待繞過一座小山丘後，前面又豁然開朗起來。

我們談談笑笑指指點點，忙著為一盤盤水中雕塑安名立目：那盤連峰疊嶂的，宛似「南極仙山」、這盤嶙峋突兀的，像一叢「海底珊瑚」、遠處那座四平八穩的，活像一堵「石屏風」呢。我們彷彿闖進一所億萬年雕塑館，裡面珍藏的都是大自然以風霜雨雪雕刻而成的藝術品，直教人眼花撩亂嘆為觀止。

船行了將近兩小時，彎進一條狹窄的水道，兩旁巨岩俯視眈眈氣勢懾人，不久後船停泊在水盡頭處的小木橋旁。大夥兒魚貫上岸，翻過山坡後，前面赫然出現一座碩大無朋、色彩鮮明的拱形石

橋，巍巍然高聳入雲，它橫跨天際宛似一道掉落凡塵的彩虹，這就是世界七大自然奇景之一的彩虹橋！橋高三百呎，寬如 89 號高速公路，據說橋底可容納一架 DC10 噴射機。大自然的力量教人不可思議，它怎能將這座龐然巨岩，打造成一彎精緻玲瓏的彩虹呢？

　　回航時，我再一次貪婪地觀賞滿湖秀色，若不是要隨團趕赴其他景點，我寧願留在這兒觀岩賞石。包偉湖，我們會再來的！

原載 9/8/2003《世界日報》家園版

71

# 賴床

自小，我有賴床的習慣。每天早上，鬧鐘準時的響了，起床原是刻不容緩的事，可是我周身軟綿綿的，硬是賴在床上不能起來。

母親見我沒動靜，走過來對我又叫又吼一番，總算把我吵醒了，我不情不願地從床上爬起來，看看牆上的鐘，它義無反顧地順著時針方向走，我得趕快點兒，不然恐要遲到了。不過，我一向計算精確，總能趕在老師進入課堂的前一刻到達，亦步亦趨隨著老師的「後塵」，安然進入課堂。一直以來算是有驚無險，老師也不好意思說什麼，不然的話，他自己也算遲到啦，這點微妙心理我是懂的。

在友儕間，我是出了名的「遲到大王」，每有聚會，例必遲到，姍姍來遲。這些約會不一定是在早上，按理和賴床扯不上關係，但是，歸根究底還是賴床惹的禍。我愛賴床，自然對時間沒有觀念，對牆上的鐘視若無睹，平時也不戴手錶，對它嗤之以鼻，深恐被它操縱和增加心理負擔。後來同學們想到一個好辦法，每次都把約會時間說早一個小時，那麼當我姍姍蓮步抵達目的地時，同學們剛好一個個抵步了。大抵不曉得我有遲到習慣的，只有我的男友，拍拖時一日不見如隔三秋，約會時間未到，我已整裝待發，恨不得立即飛到他的身邊，又怎會遲到呢！

後來和他結了婚，我愛賴床和不守時的習慣終於曝了光，不過他是好好先生，不來和我計較，任由我恣意賴床胡鬧，他自己呢，卻像個將士一樣，聽見鬧鐘一響，立即從床上反彈起來，毫不戀棧，簡直沒半點羅曼帶克。

其實我賴床的特權只在周末時才有，平時還算克己自律，雖不如丈夫般聞鐘即起，頂多只賴個十來二十分鐘，想想看，有哪個老闆願意請一個日上三竿才上班的職員呢？

可惜好景不常，我這點最低限度的享受後來被剝奪了。隨著三個小毛頭一個接一個來我們家報到，我忙得沒法上班，全天候在家帶娃娃，她們是我的頂頭上司，對我頤指氣使，操縱著我的時間，從早到晚我忙個不亦樂乎，顛倒日夜，晚間還得作「夜遊人」，瞪著惺忪睡眼，神志不清地遊走於幾張小床之間，一會兒餵奶，一會兒換尿布，又是抱又是哄，忙個通宵達旦，時常弄得筋疲力倦睡眠不足，更甭提賴床了。有時我捫心自問，幹麼要生兒育女，這不是自討苦吃嗎？

好不容易把她們帶大了點，勉強掙回一點時間主控權，卻依然身不由己，每日曙光一現，我趕快起來，煮早餐弄便當，接著替她們一個一個穿戴妥當，也把自己裝扮整齊，一俟把她們送進校門，自己也趕著上班去了。平時我是沒有機會賴床的，幸而到了周末，大家不用一早出門，我又有機會享受人生了。至於早餐，親愛的家人們，冰箱裡一應俱全，麵包啦、火腿啦、雞蛋啦、牛奶啦……，任君選擇，請別來吵我！

沒想到年過半百後，我又可以無拘無束地賴床，孩子們都已離巢不再依賴我，丈夫說我操勞了大半輩子，也該享享清福了。我窩在暖烘烘的棉被裡，四肢不動，眼睛半開半閉，不言不笑如老僧入定，殊不知腦袋可沒閒著，裡頭思潮澎湃活動頻繁，整個心靈在冥想的世界翱翔，時而亢奮激動，時而感懷傷世……。

原載 11/19/2000《世界日報》家園版

# 攜手看夕陽

才踏進家門，便聽見丈夫直著嗓子喊：「Happy Anniversary！」每年的結婚周年紀念日，他都這樣祝賀我，逗我開心。

今天是我們結婚三十年婚慶，像往年一樣，我們選擇靜靜地渡過，也像往年一樣，丈夫必隆重其事地給我捎來禮物和賀卡。我打開情意綿綿的婚慶卡，赫然發現丈夫龍飛鳳舞的字跡，他寫了四句詩贈我，詩云：「風雨同舟三十載，驚濤歷盡愛更堅，不言海枯與石爛，只願攜手看夕陽。」霎時間，我的眼睛濕潤了，回想婚前經過八年長跑，有段時間還分處兩地，只靠魚雁往還維繫感情。我時常反覆地讀著他的來信，默默思念遠方的他。這些書信我永遠珍藏著，和他送的婚慶卡一併放在一只大盒子裡。

我的思緒飛回當年新婚的情景，雖然家具、廚具都是廉價貨，卻是我倆同心合力建立起來的家，家裡每一樣東西都蘊涵了濃濃的情意。後來女兒們一個接一個來報到，五年間我們成了五口之家，哭鬧聲、嬉戲聲，加上一屋子的嬰兒用品、玩具、尿布、奶瓶，讓原本簡單的家一下子擁擠起來，愈來愈有家的味道了。丈夫顧家愛孩子，下班回來不管多晚，一定找孩子們說說話，了解一下她們的日常情況。聽著孩子們吱吱喳喳地向爸爸講話，是我辛勞一整天後的最好報酬，有什麼比擁有有一個甜蜜溫暖的家更幸福呢！

丈夫待我細心體貼，三十年來連重話都不曾說過半句，只是我性子又急又躁，常常無理取鬧生悶氣，幸虧他處處讓著我，不記「小女子」過，反而溫言細語逗我歡心。好笑的是，風風火火的惡

婆娘，敵不過溫柔熨貼的大丈夫，家裡常說「I am sorry」的竟然是我！

舉凡我喜歡的東西和想做的事，丈夫無不竭心盡力設法替我完夢，我愛小動物，家裡養了小狗、小貓和魚，他毫不介意住在「動物園」裡，且愛屋及烏，幫忙餵養和負責清理的工作；我想打籃球，他便在後院安裝了籃球架；我愛塗鴉寫作，他便鼓勵我投稿，他還是我每篇文章的第一位讀者呢；至於家務事，如果沒有他一起來「共襄善舉」，我肯定幹不來。

驀然回首，三十年的日子就在相濡以沫中過去了，孩子們相繼離巢，如今重過二人世界的我們，但願攜手走遍天涯，看青山、看夕陽……！

原載 5/23/2002《世界日報》家園版

# 敬謝不敏

　　年輕時，我很少生病，身體狀況不差，沒料生了兩個女兒後，健康便不如前了，小毛病不斷，常常打噴嚏流鼻水，大概是美國人所說的「花粉熱」吧。我歸咎於居處環境使然，我們的房子離高速公路只一個街口，那些呼嘯而過的汽車聲清晰可聞，空氣必然也藏污納垢充滿廢氣，奇怪的是，家裡只有我一個人受到影響。

　　不久後我懷了老三，生產前的一個禮拜得了重感冒，打噴嚏流鼻涕加上咳嗽，老三就在這樣熱熱鬧鬧的「交響樂」中呱呱墜地了。我在產房受了風寒，回家後竟轉變為氣喘，使原本羸弱的我，更顯得精神萎靡形容枯槁。之後半年間，我看遍醫生，從普通科到肺專科，再轉至內科，得到的診斷都大同小異，一致認為我患了過敏症，更糟糕的是，由於過敏源不明確，無法對症下藥，只囑我每天吃抗過敏藥，並隨身帶備噴鼻劑應急。

　　我病得不成人形，醫生卻沒治病良方，至於那些治標不治本的抗過敏藥，無異於飲鴆止渴，我用了幾次後便扔掉了，決心以意志來對抗過敏。我除了不停地打噴嚏流鼻涕，最要命的是胸口彷彿被千斤大石鎮壓著，透不進一點氣來，讓我無法正常呼吸，簡直已到了氣若游絲的地步，尤其在每日晨昏氣溫游移不定時最難過。我常癡癡地望著襁褓中的老三，和正在嬉戲中的老大和老二，悽然欲絕心生恐懼，生怕有天被「過敏」掐住喉嚨，就此窒息而死，那麼誰來照顧我這三個可憐的女兒？

　　後來婆婆建議，既然西醫束手無策，不如改看中醫吧。她給我介紹了一位老中醫。郭建勳醫生仁心仁術，每回看病，都很仔細地替我把脈、望聞問切一番，不厭其煩地詢問日來病情變化。看著他凝神默思，有時還翻閱醫書，然後慎重地提筆寫下處方，我知道終於找到救星了！自此風雨無間，我按時到唐人街看病，日子就在把脈、抓藥、煎藥中不知不覺地過去了。在我病得死去活來期間，幸虧有婆婆、媽媽和丈夫幫忙打理家務和照顧孩子，讓我無後顧之憂而能安心養病。這些苦口良藥還真管用，發揮了固本培元的作用，兩年後氣喘終於銷聲匿跡了，只是噴嚏和鼻涕仍不肯罷休，打定主意跟我死纏爛打周旋到底！

　　病後，我與人合作開了家小型製衣廠，對製衣作業一竅不通的我，只能當雜工，諸如打掃、搬運、熨衣等等，都納入我的工作範圍。我起早摸黑，冒著日曬雨淋，跑進跑出努力幹活，弄得大汗淋灘筋疲力竭，甚至連吃飯都得匆匆解決，狼吞虎嚥啥都吃得津津有味，一改過去揀飲擇食的習慣。丈夫笑著對我直搖頭，說什麼「這裡是美國呀，幹麼放著好日子不過，卻要自動勞改」云云。奇怪的是，噴嚏和鼻涕似乎也嫌我過於操勞，沒讓它倆安安逸逸的過日子，竟然雙雙不辭而別離我而去。我終於打敗了「過敏」！不久後我們把工廠轉讓，雖然賠了錢也白費了氣力，但我賺回了「健康」嘮！

　　事後分折，我之得病，與我平時少接觸陽光、不愛運動和偏食脫不了關係。可憐的是，在我病得死去活來的時候，我把專家之言、書本之語、以至於道聽塗說，都奉為金科玉律。大家都說塵埃和纖毛是主要過敏原，於是家裡的地毯、空調、被褥等全被汰舊換新了，門窗緊密封閉了，狗貓雀鳥送人不養了，含苞待放的玫瑰連根挖掉了，高大挺拔的大楓樹被砍得片甲不留了，真是草木皆兵。

　　其實，真正的罪魁禍首，是自身的免疫力減弱了，以致被「過敏」乘虛而入。只要把身體調理鍛鍊好，免疫力自然提升，我們是可以和塵埃、纖毛、微粒和平共存的。再說，人總不能從早到晚把自己坐困在「一塵不染」的屋子裡足不出戶呀！

　　老三今年已經二十三歲，不再是當年那個嗷嗷待哺的小娃兒，已能獨當一面照顧自己了。每逢想起那段病得死去活來的歲月，我猶心有餘悸，對於「過敏」，我是絕對「敬謝不敏」的。

　　　　　　　　　　　　　　原載 12/24/2000《世界日報》家園版

# 我家魚丁旺

　　任誰踏進我們家，必然給那四個一字排開的魚缸唬住，倒不是我們家養了窮兇極惡面目猙獰的水怪，而是缸內往來如織的，全是清一色像是一個模子打造出來的熱帶魚。

　　驟看之下，牠們的模樣和接吻魚相似，全身白裡透著淡淡的粉紅色，晶瑩剔透，只是體態較豐腴渾圓，眼珠子更為靈活明亮，一閃一閃的顯得炯炯有神，使牠們看起來比別的魚聰敏慧點。

　　平時，魚們靜如處子，怡然自得地在水中晃盪，可是有時卻動若脫兔，到處橫衝直撞惹事生非，魚兒打架是無日無之的事，不過牠們只是鬧著玩，裝模作樣你來我往虛晃幾招，從不短兵相接，只一會兒工夫便鳴金收兵了。

　　這些熱帶魚叫 Pink Convict，是 Cichlid 家族的一員。我們的魚全是土生土長家裡出生的，牠們的老祖宗是五年前小女兒從魚店買回來的一對魚，體形比拇指稍大，牠倆被安置在魚缸裡和別的魚一起過活，日子倒也過得逍遙自在。直至那天，小女兒嚷著：「快來看呀，缸裡有好多小魚啊！」我趨前一看，果然魚缸一隅那堆小石子旁，有很多小白點在晃動，想必是剛孵出來的魚寶寶了，牠們的爸媽則嚴陣以待守著石堆旁的家，媽媽還不時在小魚群裡穿插打轉，有若母雞護衛著小雞呢。

　　自此，這個擺放在客廳裡的魚缸，成了我們一家人茶餘飯後消磨時間的所在。尤其是我，自小愛養魚，長大後忙於工作，結婚後又有了孩子，鎮日為家務和工作所絆，再也騰不出時間養魚了，漸

漸把兒時樂事拋諸腦後，如今小魚喚起了美好的回憶，我愛煞了小魚，常越俎代庖替女兒餵魚。

事實上，當暑假過後，小女兒也隨兩位姐姐離家上了大學，照顧寵物的責任非我莫屬。丈夫對小魚興趣缺缺，不過我常忍不住把缸裡的新鮮事兒說給他聽，讓他分享我的樂趣。

譬如，那天我正全神貫注小魚時，冷不防魚媽媽俯衝下來，一口把魚寶寶吞噬了。哎喲！我還來不及搶救，小魚已經「屍骨無存」，我驚得目瞪口呆不知所措，卻見魚媽媽「跑」回家裡，吐出口中的魚寶寶。哦，原來小魚貪玩，偷偷溜出家門，卻被媽媽逮個正著。還有，魚爸爸是個不折不扣的「家庭主夫」，在家帶孩子，掌管小魚的「衣食住行」，至於魚媽媽，由於塊頭大孔武有力，負責外務捍衛家園，遇有不速之客登門，必被她迎頭痛擊，殺得敵人落荒而逃方肯罷休。

小魚食量驚人，每日餵三次，每次都吃個精光，不到一年光景，長得比爹娘還粗壯，胖嘟嘟的，泰半竟有半個巴掌大。看著小傢伙們挺著圓滾滾的小肚兒四處游盪，活脫脫是一群豐衣足食的小胖子，我管牠們叫「肥仔」呢。小女兒埋怨我餵得太多，嚷著要替牠們節食減肥。可牠們是魚呀，怎曉得美國人節食減肥這套時髦玩意兒！

許是「魚多勢眾」，牠們經常聯群結隊襲擊別的魚，我只好多添一個四十加侖的大魚缸，把牠們一家子搬過去。沒想到這樣寬敞舒適的新環境，竟成了傳宗接代的溫床，不久後第三代出現了，接著來了第四代，第五代不久前又告誕生，那些如小米粒的便是牠們。魚缸也由一個添至四個，我約略數過一下，大大小小的「肥仔」，早已突破一百大關，真是「魚丁興旺」！我們「談魚變色」，聽見「又有小魚啦！」便皺眉頭。

　　家裡已「魚滿為患」，以吃來說，每個月便消耗掉兩大罐魚糧，加上一些五花八門的魚用品，花費比家裡的兩條狗、兩隻貓和一隻小鳥還多。最傷腦筋的，莫過於清理這四個魚缸了，每次都要用上大半天時間，弄得筋疲力倦腰痠背痛，不用說這又是我的份內事，誰叫我愛魚如命！儘管魚多，我可捨不得送人，更無意出讓，牠們在家嬌生慣養，若是去了別人處，人家會像我這樣寵牠們嗎？只是，魚們呀，拜託，請別再來第六代、第七代……！

原載 2/3/2001《世界日報》家園版

# 惜物

　　大清早，太陽才剛露面，我開著車緩緩經過家附近的街，路上靜悄悄地沒個人影，只有擺放在人行道上的一桶桶垃圾，以及堆置在桶旁的殘破斑駁的雜物。今天是每周一次的「垃圾清除日」，這些被人們遺棄了的東西，正默默地等著垃圾車的到來。我邊開車邊喟嘆，美國的物質實在太過豐盛了，以致人們過於浪費，稍微殘缺破損的物件，便被順手扔進垃圾桶裡。其實，只要它們的主人肯花點時間和心思，是可以化腐朽為神奇廢物利用的，例如搖搖欲墜的小凳子可以修復，穿破了的襪子可以拿來拭窗抹地，每年收到的聖誕卡更是製作書籤和迷你賀卡的絕佳材料。

　　在日常生活中，我常常這樣千方百計修補或另派任務給淪為廢物的物件，使它們的壽命得以延續。記得幾個女兒上了中學後，受到環保意識的薰陶，對紙張最為珍惜，除了利用廢紙的底面作功課做練習，更把舊報紙捆好送去回收站。那時候，家裡還鬧過一陣子紙荒呢，原來女兒們實施餐紙管制，每人只許拿半張，於是每到吃飯時刻，她們的老爸便連聲抗議，說是虐待和自討苦吃。可我這老媽卻在一旁沾沾自喜，深慶幾個女兒頗有乃母之風。在丈夫眼裡，我是個惜物狂，什麼都捨不得扔，除了破襪子、聖誕卡，我還收集瓶子、罐子、塑膠袋、繩子和用過的禮物紙等等，總之，舉凡是可資利用的東西我都不放過，省錢是其次，物盡其用才最重要。

　　不過，我時常走火入魔，放著好好的東西捨不得用，儘用那些破破舊舊的。拿廚房用具來說，我一向不遺餘力地購買，尤其是盤

碗匙箸，每逢踫到商店促銷大減價，我便如舔到蜜糖的小螞蟻那樣，硬是賴著不肯離開，無視丈夫在旁苦口婆心的勸諫，說什麼「家裡沒地方放啦」、「再用上幾輩子都用不完啦」……，我一概充耳不聞，非要捧一些回家不可。只是買歸買，家裡用來裝菜盛飯的，來來去去還是那幾個磕損褪色的「老夥伴」，至於嶄新的鍋碗瓢盤，只好繼續待在櫥櫃子裡投閒置散啦。

最近，我家客廳換了套新沙發，舊的那套我央送貨工人搬上二樓，因是額外服務，我得另付五十大元。其實呀，這套老掉牙的沙發，即使貼上五十塊錢，也不見得有人肯要，可是對我來說卻意義非凡。它是二女兒出生那年買的，今年芳齡二十六歲，外表雖然殘舊褪色，靠在上面還挺舒服的呢。許多年前，它是女兒們的「保母」，在漫長的成長歲月裡，她們時常偎依在它的懷裡睡午覺、看電視，調皮起來時，幾個小傢伙還在它的肚皮上活蹦亂跳，而它總是無怨無尤地任由她們胡鬧戲耍。不瞞你說，它周身沾滿了孩子們的汗水、淚水和笑聲，讓我永遠懷念和眷戀。

除了老沙發，另一些家具也屆退休之齡了。大床差不多三十歲，是我們結婚時添置的，可能太老了，會發出吱嘎吱嘎的聲音，聽慣了卻有安詳踏實的感覺，讓我們悠悠然進入夢鄉，倒是客房裡那張新床，偶爾睡上一晚，起床時還有點腰痠背痛，豈真是新不如舊？

儘管我愛惜舊物，對舊衣服卻慷慨得很，每隔上一段日子，便把衣櫥清理一番，挑出一些不常穿的衣物送給慈善機構；女兒們也捧出她們的捐獻，只是每回都被我半途攔截，打開箱子東掀西翻一下，看看可有合我穿的，可惜這些衣物過於新潮時髦，套在我這個祖母級的人身上，有點不倫不類。也罷，既然青春歲月都留不住，我還在乎這幾件「身外之物」幹麼？

原載 2/25/2001《世界日報》家園版

# 搭公車遊歐胡島

　　此次到夏威夷歐胡島（Oahu）替二女兒做完月子，我和丈夫順便來個「自助遊」。女兒家在夏威夷大學城附近，四方八面的公車都經過這裡，正好方便我們坐公車外出。

　　攤開地圖仔細研究，發現度假勝地 Waikiki 就在女兒家幾哩外的東南面海傍，而檀香山最大的購物中心 Ala Moana Mall 則在它的西邊。據女兒說，這兩個地方都是各號公車的匯集點，方便遊客出入。

　　翌日帶備地圖，在街口找到公車站，幾分鐘後我們登上一輛打著 Waikiki 標示牌的車。許是過了上班高峰期，車上只有寥寥可數的乘客，看樣子都是當地居民，不過後來上車的，以遊客為多。沿途所見，街景和美國其他城鎮並無不同，店鋪很古舊。沒料轉進 Kuhio 大道後，景觀煥然一新，氣派豪華的五星級酒店林立，購物商場、禮品店、服飾店、餐館等星羅棋布，色彩鮮艷的街招和裝潢充滿夏威夷情調。我們下了車，擠身在這些來自世界各地、各色各樣的遊客當中，宛似置身地球村。事實上，歐胡島以有色人種居多，夏威夷人、日本人、菲律賓人、中國人等等，白人反而成了少數民族。

　　老伴說，Waikiki 和一般熱門旅遊區沒兩樣，太商業化了，然而既來之則安之。我們隨著人潮步行到海傍的 Kalakaua 大道，櫛比鱗次的大酒店傍海而立，待信步穿過一家酒店大堂後，一望無際的太平洋赫然出現眼前，藍天碧海水天一色，椰子樹、棕櫚樹隨風搖曳，真箇是「暖風薰得遊人醉」，海灘上躺滿了懶洋洋的弄潮兒，

我和老伴禁不住脫下鞋襪「下海」，讓奔波勞累的雙腳享受一下度假的滋味，嘩！南太平洋的海水暖洋洋的沁人心脾，怪不得來此度假的人整天泡在水裡樂此不疲了。Waikiki 隨處可見的 ABC 連鎖店，除了販賣紀念品、日常用品和咖啡三文治外，並代售公車卡，我們買了兩張「4-Day Pass」車卡，回程時又向司機要了份全島公車路線圖，至此萬事俱備，在以後幾天裡，我們手持旅遊三寶：地圖、公車圖、公車卡遊遍歐胡島。

　　珍珠港這個在二次世界大戰被蹂躪得滿目瘡痍的海軍基地，曾在電影裡見過，這次親臨斯島，當然要一睹盧山真面目。我們在 Waikiki 搭乘西行線的 20 號公車前往，大約四十分鐘後抵達「U.S.S. Arizona Memorial」，紀念館以沉沒海底的 U.S.S. Arizona 軍艦命名。隨著人群到放影室觀看日機轟炸珍珠港的紀錄片後，便乘船到海灣中央的紀念館參觀，這座孤零零屹立海上的白色建築物底下，便是 Arizona 號軍艦的葬身之所，隨它永埋海底的，還有艦上千餘名海軍人員，我們倚欄憑弔，極目尋找水底下黑黝黝若隱若現的軍艦殘骸，想到那些為國捐軀的年輕生命，心感黯然。海面上疏疏落落的蕩漾著很多白色浮標，是當年其他艦隻遇襲的地點，方才看過的紀錄片仍在腦際盤旋，那年是一九四一年十二日七日清晨，還有十八天便是普天同興的聖誕節，可是這些長眠海底的死難者，再也沒有機會慶祝了。

　　馬不停蹄奔波了兩天後，我們「坐」遊歐胡島，西行的 52 號公車從 Ala Moana Mall 開出，沿著南岸經過漁人碼頭、Aloha Tower、機場和珍珠港，然後轉道北上，離開市區後開始攀山越嶺，車愈爬愈高，樹木也愈來愈濃密，綠樹掩映中，不時出現一個小村莊，或一兩間渡假屋。途中見到 Dole Pineapple Plantation 的招牌挺立路旁，遂臨時決定在此下車，順道參觀這家有名的菠蘿罐頭廠，

不過，失望得很，見不到菠蘿田和廠房，只有禮品店和售賣菠蘿食品的餐飲部，原來本地菠蘿成本太高，沒法和進口菠蘿競爭。半小時後我們登上另一輛 52 號公車，繼續未竟的旅程。

北岸被中央的山脈阻擋了陽光，天氣較南岸陰涼，且密雲多霧。車沿著岸邊往東行，不時遇到乍晴乍雨的天氣，微雨紛飛中倍添詩意。北岸沙灘、海灣綿延不斷，可是不見人潮，只有衝浪健兒在海波中載浮載沉，沿途上下車的，看來都是居住北岸的夏威夷人，乍看之下，他們有點像菲律賓人，不過體型較粗壯碩大。北岸風景優美，樹多人稀，簡樸的木屋或依山或傍海，依然保留著原始風貌。我們在 Turtle Bay 下了車，此處是 52 號公車的終站，不久後登上 55 號車折往東岸。環島遊以東岸的風景最雄奇，特別是靠近「大風口」景點時，風勢強勁，蜿蜒曲折的公路下面，盡是直插入海的奇岩怪石。我們倚著車窗，居高臨下欣賞懸崖峭壁下的洶湧波濤，驚心動魄卻美不勝收。

餘下的兩天車票，就用來走馬看花吧。我們登上 Aloha Tower 頂摟，鳥瞰整個檀香山市區和太平洋水天一色的景致；也參觀了 Punch Bowl Crator 國家墓園，此處是座死火山，埋葬的是二次世界大戰為國捐軀的軍人，墓園紀念館的牆壁上，有多幅用小瓷磚砌成的二次大戰太平洋、大西洋戰區的地圖。之後還探訪了檀香山唐人街，吃了頓豐富的午餐，唐人街範圍很小，街道狹窄，店鋪斑駁古舊，經營的多是雜貨、飲食、禮品之類的小生意，貨品價格比洛杉磯貴很多，倒是木瓜、香蕉、菠蘿這些土產很便宜，街上熙來攘往的以廣東人，尤其是中山人為多，廣東話、台山話、中山話不絕於耳，頗有「他鄉遇老鄉」的親切感。檀香山是國父孫中山先生推翻清朝的最早期革命根據地，文化廣場內有座國父銅像，以紀念他的功蹟。

　　此次坐公車四日遊所費不多，四十元兩張的「4-Day Pass」，加上吃喝等等，總共才用了百多元。由於所有行程，從找觀光景點到公車路線，都是親力親為自己策劃，故此對該島的地理環境、區域、街道以及風土人情等，都有頗深刻的認識。島上的地名和街名都是夏威夷文，拼音唸起來怪怪的，例如 Oahu 的讀音是「歐呀胡」，拗口得很。

　　歐胡島四季如春風景宜人，的確是度假人士的天堂。政府為了維護島上的原始風貌，大部分的山林荒野都不准開發，因此形成地價昂貴一屋難求的現象，而且所有物資都由外地運來，吃的和用的都比美國本土貴很多，對當地居民來說，「居大不易」。

　　我們最喜歡這裡的公車系統 The Bus（www.thebus.org），車輛多服務好，路線涵蓋整個島嶼，密密麻麻像個蜘蛛網，分 Westbound 線和 Eastbound 線，乘客必須弄清楚方向，不然誤上相反方向的同號公車，就費時失事了。公車不但行走於鬧市的通衢大道，更深入人口稠密的住宅區，方便居民出入，我們因此而有機會「深入民間」。好笑的是，在洛杉磯居住了四十年，我們很少有機會坐公車，因為洛杉磯幅員廣闊，各城市的不同公車系統錯綜複雜，而且班次少，不像歐胡島的班次頻密，經常有四、五輛公車同時靠站，讓我這個洛杉磯人大開眼界驚奇不已。以後來探望兒孫，我們一定還要再坐公車出遊！

原載 9/25/2010《世界日報》「旅遊天地」

# 學舞記

西諺說：「Never say never」，沒想到這句話竟然應在我身上。

我和老伴退休後，閒極無聊，常參加一些團體聚會，其中有健康講座和文藝活動，也有卡拉 OK 載歌載舞的休閒娛樂。我們不會跳舞只好作壁上觀，發覺舞池裡翩翩起舞的人，有不少與我們年紀相若，他們不只舞技嫻熟，且活力充沛，看來這些中老年人把跳舞當成健身運動了。

我和老伴雖躍躍欲試，卻拉不下老臉去學跳舞。求學期間，學校每年都舉行聖誕和元旦舞會，可我對它嗤之以鼻，認為這樣摟摟抱抱、搖肩擺臀，實在有損學生形象，後來結婚有了孩子，更要以身作則，怎敢輕言跳舞。如果臨老學跳舞，豈非晚節不保，情何以堪？

去年三月，我們終於鼓起勇氣，參加了社區舉辦的為期八個禮拜的交際舞初級班，逢禮拜二晚上課一小時。這班共有三十多人，以中年人為多，我和老伴屬高齡學生，不過既來之則安之。我們的舞蹈老師 Miss Virginia Morrow，身材瘦削弱不禁風，卻舞藝高超，第一天上課，她和助教給我們示範「狐步」舞，架式十足，年紀老大的她宛似婀娜少女，舞姿輕盈收放自如。後來輪到我們練習時，卻連最基本的動作都做不來，搖搖晃晃的重心不穩。原來跳舞和練武一樣，必須做到下盤穩若泰山，每一步挪出去都要暗勁十足，老師這腿上的功夫可是苦練出來的。

老師開宗明義，解釋跳舞的基本架構：雙膝要微曲，上身要挺胸收腹，頭要微仰向左傾⋯⋯。最不可思議的是，她說跳交際舞時，

女方好比汽車，男方是駕馭汽車的司機，換句話說，女伴要依照男伴的指示做出各種花式舞步。因著這樣的規則，以後上課，我吃足苦頭，由於溝通不良，不時被老伴踩得痛徹心扉，有時又差點把他拌倒。我懷疑交際舞是沙文主義者創造的，不然平時對我溫文體貼的老伴，在舞池中恣意發號施令，一會兒要我左旋右轉，一會兒要我翻仰伸腿，像耍猴子般把我弄得暈頭轉向筋疲力竭，不過我們從來沒有臉紅脖子粗，頂多埋怨幾句。據說有些夫妻因學舞而導至勞燕分飛呢。

　　好不容易上完八堂課，對於「狐步」和「探戈」，雖然只懂得跳基本步，我們已心滿意足了。之後再接再厲跟老師學「恰恰」、「華爾滋」、「牛仔」和「倫巴」。跳舞和讀書一樣，「逆水行舟，不進則退」，我們打算繼續跟老師上課，下定決心要學好各種舞蹈。

　　除了上課學舞外，平時我們也去社區舉辦的下午茶舞會練習。來跳舞的以老人家為多，這些美國老先生老太太都是舞林高手，可能是跳舞有功，八九十歲高齡仍健步如飛滿場遊走，連續跳三、四小時，臉不紅氣不喘的。九十七歲的康妮老太太，是年紀最大的一位，她打扮亮麗，腳蹬三寸高跟鞋，永遠笑容可掬，對我這位「年輕後進」更是關懷備至，常把一串串的珠子項鍊往我脖子掛，表示熱烈歡迎。幾個月前我們已成為該會會員，看來跳舞是欲罷不能了！

原載 10/20/2010《世界日報》家園版

# 牽手情

　　每回走在街上，看見年紀老邁的夫妻，手牽著手互相扶持，相依相伴地走著，我便不由自主感到胸臆澎湃，激動莫名，一雙眼睛戀戀不捨地跟著他們的身影移動，彷彿見到丈夫和我將來年老時，手牽手走在街頭的樣子。

　　自拍拖至結婚這四十多年走在一起的歲月，每逢上街，我們都習慣伸出手來牽著對方。牽手的感覺真好，讓我有著被關懷被愛戀的幸福感，心底安詳而踏實，篤定的知道，那個時時刻刻讓我牽腸掛肚的人兒就在身邊。我想，自相知相惜，我們的關係親密和諧，感情歷久彌新，這兩隻常常緊扣在一起的手功不可沒，它們搭建了溝通的橋樑，讓我和丈夫永遠「來電」，往往不需一言半語或一個眼神，而憑著肢體語言的親密接觸，立即便瞭解對方的心意，進而心靈契合意念相通。最讓我欣喜的是，在這世界上，只有我們兩個能夠解讀這樣的「密碼」。如果說，婚前的牽手是羅曼蒂克的，那麼婚後的牽手就更顯得鶼鰈情深啊！

　　我們也有不牽手走路的時候，因為太忙了，家裡的小人兒一個接一個來報到，我們忙著「左擁右抱」，哪還能騰出手來牽對方呢！每回上街，只好肩並肩的走著，那種親密無間的感覺依然強烈，兩隻無形的手永遠緊密地扣在一起。

　　孩子一個個開始長大，跳跳蹦蹦走路了，我和丈夫又恢復牽手的習慣。走在人稀地廣的地方，我們一家人親親熱熱地手牽著手，一字排開，孩子們吱吱喳喳活蹦亂跳，我和丈夫則時而喁喁細語，

時而和孩子們吵鬧嬉笑，這一幅「橫行霸道」的天倫樂圖，即使經過二十多年歲月的淘洗，依然歷歷在目永烙心上；走在熙來攘往的街頭，我們一家人便分成前後兩排，通常是我牽著兩個小女兒走在前面，丈夫帶著大女兒殿後「保駕」，雖然我沒法牽著丈夫的手，被關愛被保護的感覺無處不在。

　　然後，孩子們茁壯成長，相繼離巢自立了，不再需要我們的扶持和引領，我們便又回復往昔的二人世界生活，無牽無掛地攜手逛街看戲、遊山玩水……，親親密密相依相伴走遍天崖海角。

原載 5/26/2003《世界日報》家園版

# 卷三

# 吃晚飯

從早到晚，我們一家人各忙各的，大清早便分道揚鑣出門去了，孩子們上學，丈夫和我回店工作。我們經營的禮品店每晚八時才打烊，到家時已是萬家燈火時候，和孩子們相處的時間，只有吃飯至睡前的幾小時，可供一家人談活的機會也只好在飯桌上一併進行了。

吃晚飯是我們家最熱鬧最溫馨的時刻，除了忙著解決民生問題和補充身體所需的營養外，我們更熱中於吃飯時舉行的「座談會」，那是屬於一家人的時間，我們無拘無束地享受天倫樂。因此之故，晚餐的菜餚必然豐盛，菜式還不時變換著，這樣大家吃得心花怒放，大快朵頤之餘，談興必然熱烈。

晚上回來，甫進家門，我迫不及待換上便服，套上圍裙，走進廚房，立刻著手燒菜做飯，丈夫也趕來幫忙，他負責淘米切菜，以及一些瑣碎雜務。我們邊烹飪邊聊天，沒多久，一盤盤香氣四溢的菜上桌了，我提著嗓子喊：「吃飯啦！」孩子們紛紛放下手上的事情，一個個走進廚房來，幫忙擺匙放箸、舀湯盛飯，還很有默契地關上電視機、收音機，並且把電話交給留言機照顧，這是她們自小養成的習慣，吃飯時不做任何事情，也不在飯廳以外的地方吃。閒話休提，此時已是晚上十時許，屋外漆黑一片萬籟無聲，飯廳裡卻燈火通明人聲喧鬧，我們圍坐餐桌前，晚飯於焉開始。

我們吃著聊著，各人搶著將一天的事兒娓娓道來，糗事、逗趣的事、不平的事、被冤的事、稀奇古怪的事，全都一古腦兒宣洩在

飯桌上。孩子們報告學校的生活,有關於老師的、同學的、自己的和課業上的,我們因而瞭解她們每日的作息情況和學業進展;丈夫和我則常將日常所見所聞與孩子分享,也揀些時事新聞說給她們聽,偶爾還討論一些嚴肅的話題,比如吸毒、交友、性、愛滋病等等。我們一家人像無所不談的朋友,時而侃侃而談,為自己的觀點爭辯不休,時而抬槓挖苦,笑得上氣不接下氣。坦白說,我們可從沒遵守「食不言」的古訓,那樣正襟危坐吃飯太氣悶了。

　　儘管我們閒話家常,吃飯時也是我們家的庭訓時間,丈夫和我總在有意無意間把倫理觀念、道德規範、處世之道等等人生道理灌輸給孩子,也常半開玩笑半開導地糾正她們的言行和舉止,不過我們不在吃飯時責備孩子,那會影響食慾和破壞氣氛,而對我們的意見和建議產生抗拒和排斥的心理。

　　一直以來,我們藉著一起吃晚飯,來維繫家人間的親密關係。隨著歲月流轉,倏忽間孩子都長大了,二女兒已於去年結婚了,大女兒今年到外地工作,現在只有三女兒在家陪伴我們吃晚飯,趁她還未離巢,我們更為珍惜這晚間的聚會。

原載 1/22/2000《世界日報》家園版

# 剩菜

　　我的一位朋友，雖然在美國生活了將近二十年，仍不習慣吃隔夜飯菜，吃不完的菜餚，寧願倒掉也不留著。他說那是很久以前養成的習慣，當年糧食短缺，能夠填飽肚皮已心滿意足，哪來剩菜？再說，美國食物價格便宜，實在沒有必要吃隔夜菜。

　　我可是吃剩菜能手，自從家裡添了三個小人兒後，每日總有吃不完的菜餚，舉凡是她們吃不完的，或是不愛吃的，都成了我的「饗宴」。後來她們漸漸長大，不回家吃飯的次數愈來愈多，剩菜的份量也相應增加了。她們一通電話知會一聲：「媽，我今晚不回來吃飯啦。」如此輕描淡抹的幾句話，便把我精心炮製的幾盤精美小菜，貶謫為「剩菜」，足夠吃上一整天。

　　我是很珍惜每一盤剩菜的，且甘之如飴。殘羹剩菜雖然雜亂狼藉黯然失色，卻曾經是餐桌上讓人垂涎三尺的佳餚，花去我不少時間和心血，在廚房裡辛辛苦苦熬煮的，怎捨得扔棄。而且食物都是以金錢買來的，從經濟效益方面著想，我也得努力吃，因為我就是那個一家之煮兼財政大臣呀！

　　未結婚時，我可不是這樣知慳惜儉。小時候，我瘦巴巴不長肉，又愛揀飲擇食，這個不吃那個不喝，母親盡量迎合我的口味，她最怕我停箸不吃，剩菜當然沒有我的份兒，都由她一手包辦了。沒想到婚後升格當了孩子的媽，角色易位，我竟成了那個專門吃剩菜的母親。

　　如今女兒們都已離巢，各有自己的小窩，陪我吃飯的只有老伴，按理剩菜應該酌減，甚至銷聲匿跡了。事實不然，我常不自覺

地燒過多的菜，份量足夠五、六個人用，想是習慣使然，加上懷舊心理作祟，藉此來緬懷和孩子們一起吃飯的快樂時光吧。

現在我們吃剩菜的日子不比以前少，好處是不必天天燒菜，省時省力之至。自從她們離家後，我做菜的興致已不若當年了，只是這樣厚此薄彼，薄待了身邊的老伴，豈不罪過！

孩子回來探望我們時，我燒菜的興致又高昂起來，忙著在廚房裡切菜剁肉，揮鑊舞杓，施展渾身解數，燒出一盤盤她們喜愛的菜餚，每回我特意多做些，那麼當她們吃飽喝足之餘，剩下的便全裝進盒子裡，讓她們帶回去，也只有這個時候，剩菜沒有我的份兒。當她們拎著一盒盒剩菜，跟我們揮手作別時，我們便又引頸企盼下一個相聚的日子。

吃剩菜是惜福也是幸福的，我常常這樣想，只有在物質豐饒的國度、在溫暖和樂的家園，那裡有個愛燒菜做飯的煮婦，才會有這樣的享受。

我一口一口咀嚼著剩菜，心裡想著的卻是孩子們的童年往事：她們玩耍的時候、她們上學的時候、她們嬉笑怒罵的時候、她們狼吞虎咽的時候……，霎時間，養孩子的苦樂全都兜上心頭，原來養兒育女，就是一生一世和剩菜結下不解的因緣啊！

原載 10/2/2002《世界日報》家園版

# 自討苦吃

　　當年大女兒中學畢業，嚷著要去東岸升學，讓我憂心不已，在我眼中，才十八歲半的她，還是個大孩子，少不更事，不知世途險惡，甚至連民生問題都不能自理。於是在我軟硬兼施下，她進了離家一小時車程的 UCLA。其實除了諸多顧慮外，我最怕她「舉翅不回顧，隨風四散飛」，畢業後在外頭落地生根。

　　女兒雖沒遠離，卻離家住校，剛上大學那年，便讓我飽嘗牽腸掛肚的滋味。每個周末她都回來，這兩天是我一周中最快樂的日子，我忙著在廚房裡燒些可口的小菜，供這個睽違了五天的寶貝女兒大快朵頤，也只有她在家的時侯，大家才有豐盛的菜餚享用，其實並非有意厚此薄彼，對家裡的兩個女兒視若無睹，只是莫明其妙地把三千寵愛集一身，擔心這個隻身在外的遊子吃不飽穿不暖。

　　那時候，每晚必給她搖個電話噓寒問暖一番，方能安心就寢。有個晚上，我連續打了好幾次電話卻沒人接聽，這下我可慌了手腳，急得如熱鍋上的螞蟻，一種不祥的感覺掠過心頭，該不會出了什麼事吧？顧不得夜已深沉，我喚醒好夢正濃的丈夫，央他開車陪我去學校探個究竟。當女兒睡眼惺忪地打開門時，我才放下心頭大石，忙擁她入懷，謝謝老天爺，她安然無恙！原來是她的室友臨睡前把電話鈴給關掉。莫不是我無日無之的「電話騷擾」讓人不勝其煩？女兒怪我對她信心不足，可我不能自己啊！像這樣的虛驚層出不窮，加上不時給她送吃的和用的，我們常半夜三更還在高速公路上衝鋒陷陣。

101

　　我自己是咎由自取怨不得人，卻累及丈夫陪我馬不停蹄，實在過意不去。他一向對孩子放心又放手，笑我世上本無事，庸人自擾之，還說我得了「杯弓蛇影症候群」，將來兩個小的都上大學，怕要病入膏肓。

　　殊不知，丈夫這回跌破眼鏡，出乎他意料之外的是，當咱家三個女兒都上了大學，我已經定下心來在家享受二人世界。經過一年來虛驚連連的生活淬礪，我已接受了她們不在身邊的事實，終於開竅相信她們能夠照顧自己了。

　　此時，家裡只有兩口人，家事和炊事已化繁為簡，最奇妙的是，地毯上東一堆西一堆的書本和雜物，居然銷聲匿跡了，不，它們隨女兒們搬到宿舍去了，家裡恢復整齊清潔。沒有了喧囂的歐西流行曲敲打耳膜，我們可以心無旁鶩地聽歌看戲。上館子時也不用徵求別人的意見，兩個人隨興之所至走進中餐館，以前我們老是當「陪客」，陪她們吃漢堡、批薩、沙拉……，吃得「滿不是味道」。丈夫更趁這個空檔，拜師學鋼琴和電腦，我則重拾書本啃小說，更不自量力爬格子。這樣多姿多采的生活，怎麼以前沒想過？

原載 5/25/2003《世界日報》副刊

# 有事老媽服其勞

原本的五口之家，自二女兒婚後移居夏威夷，家裡便剩下四口人，按理說，人少了，家務事理應減輕才對，可是我比以前更忙。

老三自小愛養魚，六年前她給魚缸添了兩尾 Pink Convict 後，魚兒便沒完沒了的開枝散葉，如今大大小小的魚竟有一百多條，魚缸也由一個增至四個。老三一向把它們當寶貝、定時餵養、定期清理。可是畢業後，她進了一家建築公司做事，便把魚們冷落了，每天下班回來，累得連吃飯都提不起勁。做媽的看在眼裡疼在心裡，便二話不說接管了養魚的差事。

幸而餵魚是件輕鬆而又有趣的事，撒下魚糧後，我趁機坐下來，觀看缸內的活動。魚們吃得津津有味，你爭我奪大口大口地狼吞虎嚥，彷彿餓慌了，最惹人憐愛的是那些如小米粒的魚寶寶，小肚兒撐得快要爆炸了，仍貪得無厭的吃個不停，魚媽媽顧著守護忘了進食，難怪看起來比其他魚瘦削。大抵天下的母親都是同一心思，只要孩子豐衣足食便心滿意足。

不過，清理魚缸便不怎樣有趣了，簡直是苦差事，讓我不勝負荷，且每四個禮拜便須重複作業一次，四個魚缸的水加起來總共一百六十加侖，每次需換掉一半，少說也有三十多桶，如此拎著一桶一桶的水來回走動，雖不致舉步維艱，畢竟我已年逾半百，體力大不如前，每每累得筋疲力竭，手痠背痛好幾天。

除了魚，貓咪 Tinka 和 Rainy 的吃喝拉撒，現在也由我一手包辦。貓的飲食簡單得很，一盤乾糧外加一罐清水便應付過去，實在

比餵魚省事，但是貓的便溺奇臭無比，清理起來中人欲嘔，因此丈夫在靠近後門的地方蓋了個貓廁所，方便貓兒去如廁，我則權充「逐臭之婦」，戴上口罩和手套，屏住呼吸把穢物放進塑膠袋，奇臭仍陣陣撲鼻而來，夠噁心的。

並不是我自討苦吃，越俎代庖替老大照顧寵物，而是她實在太忙。她是「人之患」，在一所中學當老師，每天被刁鑽的學生纏得焦頭爛額聲嘶力竭，下課回來還要改作業和備課，到了周末又節目一籮筐，貓咪被冷落一旁，看牠倆可憐兮兮的如無主孤魂，我能袖手不理嗎？也罷，反正「有事老媽服其勞」，責無旁貸。

有時我實在忙得喘不過氣來，忍不住向寵物的主人抗議，請她們「貴客自理」，可她們總是一疊聲地哄我：「媽，牠們好愛你喲！」唉，那還有什麼話好說呢！誰叫我把牠們據為己有，儼然成了寵物的主人。別看魚們楞頭楞腦的，只要見到我的身影，便忙不迭靠攏過來，列隊歡迎；貓兒最是善解人意，不時在我身邊挨擦打圈兒，晚上我讀書寫字看電視時，牠們必來作伴，夜闌人靜有貓咪偎伴依戀，備覺溫馨。

小動物們乖巧貼心，比女兒有過之而無不及，若無牠們逗趣耍玩，豈不日子難過，怎好遣這有涯之生？

原載 1/19/2002《世界日報》家園版

# 嫁女記

　　二女兒決定做六月新娘，當我們獲知喜訊時已是五月下旬，只剩不到一個月的時間來籌備婚禮，包括訂酒席、擬請客名單、印帖、選購新娘禮服……等等。面對一大堆瑣碎而又花時間的事情，我不禁後悔當初承諾得太爽快。

　　女兒的婚訊來得倉促，套上了訂婚指環後才公佈喜訊，她和準女婿打算一切從簡，到婚姻署辦個手續便算完成人生大事。我大表反對，她是我們家第一個出嫁的女兒，無論如何不能穿著牛仔褲T恤草率了事。在我苦口婆心的勸說下，他倆勉為其難同意舉行一個簡單而隆重的婚禮，可是兩人都很忙，沒時間處理這些繁文縟節，我這準丈母娘樂得毛遂自薦打點一切。

　　徵得兩人同意，喜筵訂在一家他們喜愛的川菜館，然後我們花了幾個晚上的時間反覆琢磨，擬好請客名單，都是經常來往的親友和新娘新郎的同學朋友等，共筵開十席。新郎的雙親遠在外州，只有姊姊一家前來參加婚禮。

　　接著就得趕印請帖，餐館經理給我們推薦了「美廉印刷公司」，只三天時間便捧回一疊請帖，款式是中西合璧，頗符合這個婚禮的形式。我把請帖交給丈夫，由他去練字。

　　發帖後，我和女兒趕緊到各處搜羅合適的婚紗和晚禮服。女兒穿衣向來清雅簡單，但所見都是式樣繁複、綴著閃亮珠子和蕾絲花邊的禮服，沒有一件符合她的要求。時間一天天過去，女兒依然沒有找到合適的款式，我只好央請小姑為她縫製嫁衣。至於另一件晚

裝，可謂得來全不費工夫，竟在一家小小的禮服店找到，乍見到它時，女兒和我都有「驚艷」的感覺，棗紅色天鵝絨做的高腰晚裝，簡直就是專為女兒度身訂做般「天衣無縫」。看來物和人一樣，有緣千里來相會。

攝影師是我母親介紹的。這位專業攝影師經驗豐富，因是週末出來賺外快，收費比一般便宜了一半。事後證明，他拍出來的婚照，專業水準十足。至此萬事俱備，距花月佳期尚有一個禮拜，正好利用這段時間休養生息，等待黃道吉日的來臨。

女兒出嫁那天，我們全家粉墨登場，大、小女兒穿著一色長裙充當陪嫁姊妹，丈夫和我兩個主婚人則西裝旗袍，衣履光潔喜氣洋洋。女兒穿上小姑親手縫製的雪白婚紗，挽著她的白馬王子喜上眉梢，清麗純潔如小仙女。三個亭亭玉立的女兒相依相伴依靠在一起，我激動得滴下喜悅的淚水，二十多年養育孩子的辛勞，終於有了回報。

當晚場面熱鬧又溫馨，我特意把相熟的親友安排坐在一起，只聽見驚喜之聲此起彼落，賓客酒酣耳熱之際，高談闊論不斷，直至席終，還意猶未盡捨不得道別呢。我們央請攝影師將眾親友獵入鏡頭，好待以後送給他們作為紀念。

女兒結婚已有數月，且隨夫遷往東岸，女婿將在哈佛作一年的後博士研究，學成將赴夏威夷大學任教。女兒第一次離開身邊，我十分不捨，臨離那一刻，我哭得像個淚人兒，我深深明白，女兒長大了，總有一天會離巢開拓自己的人生。紀伯倫說：「你是一具弓，你的孩子好比生命的箭，借你射向前方。」現在箭已射出，她已找到可附託終身的伴侶，我在悵惘之餘，還有更多的安慰和滿足。

原載 12/4/1998《世界日報》家園版

# 謝謝你，女婿

　　為啥感謝女婿？莫非這家小姐摽梅已過，如今總算嫁了，丈母娘看女婿，愈看愈滿意，所以……。

　　打從女兒甫出娘胎，為娘的便立定主意，以照顧她為終身志業。小時候甭提，就拿她未出閣前來說，每日早午晚三餐都是我這老媽全盤負責的。且說早餐，我前晚已準備妥當放在鍋子裡，她一早起來，只消順手打開瓦斯爐，幾分鐘後便有熱騰騰的早餐可用；午餐就更為方便，我早已裝進飯盒放在冰箱裡，她只需「舉手之勞」，伸手把便當取出，帶到辦公室，中午便有一頓營養豐富的午餐了；晚餐可說是一天的重頭戲，我在廚房忙得得滿頭大汗，只為燒幾個可口的小菜，供女兒下班回來享用。不過，很多時候事與願違，女兒一通電話打回來：「媽，我今晚有約，不回來吃飯啦。」如此輕描淡抹的幾句話，我那幾盤色香味俱全的菜餚，立即便淪為「明日的剩菜」，專供我和老伴享用。所以，別看我們家人口簡單，炊事還是不勝其煩的。

　　現在可好了，女兒終於有了自己的廚房，她也是主中饋的主婦，地位和工作與我一樣，晨早便要起來作羹湯，而且她心裡明白不過，要抓住丈夫的心，她還得燒些美味可口的菜餚來滿足他的胃。女婿，我怎能不衷心佩服你，才只短短的兩年，你便把妻子培訓成為廚房高手，不再是我那個茶來伸手，飯來張口的嬌嬌女了。

　　女兒一向對家事興趣缺缺，房間浴室弄得一團糟，她照樣視若無睹，對我的絮絮叨叨，更是充耳不聞，就是被我迫得緊了，也只虛應故事敷衍一下，最後還不是由我這個老媽子來收拾殘局！說來

奇怪，自從她和女婿共組愛巢後，便彷彿脫胎換骨變了個人似的，做起事來乾淨俐落，還勤於灑掃門庭，把愛的小窩打理得窗明几潔。女婿啊，你讓我甘拜下風，你怎麼有此能耐？不吭一聲便把妻子馴得貼貼順順，儼然是個持家有道的小主婦！

　　婚後的女兒是愈來愈貼心了，雖住得老遠不能時相往還，電話可來得頻繁，不時與我閒話家常。自從她去年添了個小女兒後，我們母女倆聊得更廣泛更密切了，她時常讓小外孫女對著耳機「咿呀咿呀」的牙牙學語，把電話這頭的我逗得樂不可支，最讓我窩心的那次，是女兒跟我說：「媽，我想你以前的話是對的……。」啊！她居然一改過去與我抬槓頂嘴的性兒，莫不是升格當了媽媽的她，對母親的角色有了嶄新的詮釋？對她母親那套養兒育女的觀念有了默契與認同？女婿，這當然也是你的功勞，若不是你啣泥築巢，為女兒和小外孫女營建這個甜蜜溫暖的家園，為她們遮風蔽雨，我和女兒的關係又怎會如此圓融和洽呢。

　　女兒嫁後，我們家的炊事和家事已化繁為簡，偶爾兩個人要上館子時，便輕裝便服手牽手走進中餐館，點幾個清淡的小菜，大快朵頤一番，慰勞一下我們的中國胃，再不用像以前那樣，老是當「陪客」，陪女兒到西餐館啃比薩、啖牛排、嚼沙拉了。省下的時間，我們用來聽老歌、看連續劇。其實我們以前也愛聽歌看戲的，可惜這廂播放著悠揚悅耳的老歌，那廂女兒房間傳來鏗鏘喧囂的西洋歌曲，真殺風景！

　　親愛的女婿，我這樣囉哩囉唆講了大半天，無非是向你表達我們誠摯的謝意，感謝你無怨無悔地接下我們的擔子，替我們照顧和陪伴女兒一生一世，不然的話，當我們外出旅行觀光訪友時，又怎會悠哉遊哉了無牽掛呢！

原載 3/30/2001《世界日報》家園版

# 丈母娘的私房菜

　　十一年前，我邁進「知天命」那年，同時升格成為丈母娘，我家老二和相戀多年的意中人共結連理了。之後九年間，老大和老么也先後結了婚。當了這麼多年丈母娘的我，和幾個女婿相處愉快，最主要的原因是我很尊重他們的意見，尤其是在「吃」的問題上。

　　猶記得當老二告訴我們，要帶男友回家吃飯時，我比女兒更興奮更緊張，古語有云：「有朋自遠方來，不亦樂乎」，更何況這位嬌客與我家女兒已拍拖三載，我們早就望眼欲穿，想一睹帥哥的盧山真面目。為了表達對這位貴客的隆重歡迎，我老早已擬好菜單，備妥食材，一整天在廚房裡埋頭苦幹，洗菜切肉、煎炒蒸炸，卯足全力炮製滿滿一桌香氣四溢的中國菜。美食最容易拉近人與人之間的距離，也是對人表示好感的最直接方式。事實確是這樣，當晚賓主盡歡，大家吃得痛快淋漓，談得興高采烈；老二的愛爾蘭日本裔男友，雖然是第一次品嚐我做的菜，卻吃得津津有味，我和老伴不斷給他佈菜，而他也來者不拒，吃個不亦樂乎。這次見面可說是空前成功，彼此留下美好的印象。我不禁歡呼：「中國菜萬歲！」中華美食博大精深，所向披靡，有誰能夠抵擋得住色、香、味的魅力呢？可惜的是，此乃唯一的一次以我的拿手好菜招待準東床，以後他雖然來我家吃過幾次飯，因是感恩節、聖誕節聚餐，吃的是火雞、火腿、牛排這些美國食物。一年後，老二和男友共組家庭，婚後定居夏威夷，現在是五口之家，生活過得幸福快樂。

　　後來，老大和老么分別有了意中人，我們照樣以自家美食作為見面禮，難得的是，他們也如二女婿那樣全盤接受，吃得眉開眼笑津津有味。我不禁心花怒放，對自己的廚藝更加信心十足啦。孰料他們成為我家快婿後，情況竟然有了一百八十度的轉變，一個個露出本來面目，讓我跌破眼鏡。

　　且說二女婿，每次他們一家子回來探望我們倆老，「吃」的問題讓我一籌莫展，其實我燒的菜和以前的沒兩樣，他卻食不下嚥，寧願到麥當勞吃漢堡炸薯條。後來經我窮追猛打，女兒才一點一滴告訴我事情的真相。原來二女婿的母親雖是日本人，平時飲食都是美式食物，偶爾想嚐嚐中國菜，便一家人上中餐館打牙祭。因此之故，在二女婿的心目中，只有中餐館燒出來的才是「正宗中國菜」，他可從沒吃過 home-made Chinese food，唯一的一次就是在我們家吃的。女兒跟著說，那次我做的菜，他覺得很恐怖，他從來沒見過有頭有尾的魚和蝦，栩栩如生的樣子可怕極了，而那盤烏黑黑的紅燒海參更像一團泥巴……，只是為了女友的緣故，卻之不恭，才勉為其難把這些「異物」吞進肚子裡。天啊！我引以為傲的拿手好菜，竟然得到如此評價，卻是我做夢都不曾想到的。女兒還說，其實他也不是不喜歡中國菜，但是要到中餐館才吃得舒坦又放心。

　　原來如此，難怪三女婿也對我的自家菜敬謝不敏了。至於大女婿，雖然是中國人，卻是土生土長的第三代，要吃中國菜，想必也像二女婿、三女婿那樣，到中餐館吃的才算「正宗」。摸清來龍去脈後，事情就好辦，此後每逢他們回來探親，我無須待在廚房裡，把自己弄得油頭膩臉，而是穿戴整齊，優哉遊哉地隨大家一起上館子，時而中餐，時而西餐，時而日本餐……，不然就恭請女兒掌杓，燒些合他們口味的菜，我們則趁此機會享享清福，接受女兒們的供奉，何樂而不為呢！

　　我驚喜地發現，三個女兒都練就一手好本領，燒的菜充滿異國風味，又好吃又特別。遍嚐各式各樣的美食之餘，讓一向獨尊中國菜的我茅塞頓開，原來每個族裔都有獨特的傳統美食，以前我夜郎自大，強把自己的喜好加諸別人身上，幸虧沒有幫倒忙，把女兒們的終身大事弄糟。

　　這些年來，對於女婿們的美國胃，我已摸得一清二楚，大女婿最愛點的中國菜是蝦仁炒蛋、甜酸魚，二女婿的是西蘭花炒牛肉、陳皮雞，而三女婿呢，無宮保雞丁、芙蓉蛋不歡。青菜蘿蔔各有所愛，吃得皆大歡喜就好。

原載 10/4/2009《世界日報》副刊

# 女兒離家時

　　我緊緊擁抱一下女兒，低聲叮嚀幾句，牽著手把她送到登機的閘口，望著她消失在通道的盡頭，我居然沒有演出淚灑機場這一幕，連一旁的丈夫都嘖嘖稱奇，這可不我平時的作風呀！我是個緊張兮兮的母親，舉凡與三個女兒有關的事情，鉅細靡遺都被我照料得無微不至，這次大女兒遠赴重洋，到太平洋彼岸的日本教書，我竟然處之泰然？實則這兩年來，女兒們離家的次數多了，我已練就一副鐵石心腸，來應付這些難捨難分的場面。

　　先是去年二女兒結婚後，立即隨夫遷居波士頓，她既有良人相伴，我這老媽大可安枕無憂，然而在臨別的一刻，我的感情決堤了，眼淚硬是不受控制地奪眶而出，我攬著女兒捨不得她離開，當時我涕泗縱橫的模樣被老三拍攝下來，後來還把照片寄給她二姐。今年六月二女兒夫婦從東岸歸來，只逗留了數日便又啟程，此行二女婿應聘赴夏威夷大學任教，將定居檀香山。有了前次的經驗，送行時我心裡有了準備，盡想著夏威夷明媚秀麗的風光，計劃將來去探訪兼度假，心裡充滿了喜悅，消解了離愁別緒。

　　才送走了老二，三女兒跟著宣佈要到三藩市打暑期工。我問她為什麼捨近圖遠？她說那邊工作機會多，而且想過一下獨立生活。理由如此冠冕堂皇，箭在弦上，我能不放行嗎？。她剛離家那幾個禮拜，我寢食難安，每晚必搖個電話去，要聽到她「報平安」的聲音才放下心頭大石。後來她找到工作，生活也安頓下來，我打電話的次數遞減了，倒是她偶爾好奇地問：「媽，你把我忘了嗎？」我

故意慢條斯理地回答：「忙呀！」實則心裡沾沾自喜，離家的女兒終於念起老媽的好處來了。

　　這次大女兒去日本工作，是破天荒頭次出遠門，之前連三藩市她都沒單獨去過。老實說，我擔心得很，好幾次衝動得想勸她取消行程。可是她此行是應聘到日本教學，將在東方社會生活一段時間，有機會接觸日本人，相互交流文化和觀念，還可以親身體驗日本人刻苦自律的敬業精神，可以說這是一趟文化之旅，對少見世面的她來說，是嶄新的閱歷，而且一旦離家生活，她須學習解決衣食住行的問題，不再是家裡那個茶來伸手、飯來張口的嬌嬌女了，不啻是生活的磨練。

　　我是很能瞭解女兒這顆年輕不羈的心的，她羽毛已豐亟欲振翼高飛，到外面看看繽紛的大千世界。我年輕時，不也對世界充滿憧憬和好奇嗎？可惜當時環境不許可，母親也不放心我單槍匹馬走天涯。如今時代不同了，年輕的一代，不僅要讀萬卷書，還要行萬里路來拓展知識的寶庫。

　　話雖如此，我像天下的母親一樣，是多麼希望孩子能夠長繞膝下，然而我還是讓女兒圓夢去了。此刻我守在電話機旁，默默地計算著她抵達的時間，估計很快便有電話回來了。

原載 11/29/1999《世界日報》家園版

# 女兒回家時

　　今天我向丈夫告半天假，下午不回來上班，要在家燒菜做飯，恭候老大和老三回來吃飯。我特意到超市採購今晚的食材，到家後一頭栽進廚房，忙著揮鑊舞杓，燒的全是她們喜愛的菜餚。不知是馬齒漸長，抑或過慣了舒適的二人生活，弄一頓這樣的家常便飯，居然累得腰痠背痛。

　　自從三個女兒離家後，我們的生活務求簡樸，午餐在店裡解決，吃個三文治或隔夜的剩菜，而晚餐也隨便燒一兩樣簡單的菜餚，省時省力，飯後還有時間做別的事，這樣愜意的生活，以前想都不敢想呢。好笑的是，幾年前空巢生活驟然降臨時，我竟惶惶然不知怎樣打發日子。

　　當最後一個孩子離家後，面對空虛寂寞的家，我欲哭無淚，午夜夢迴，牽腸掛肚地惦念著她們，而最讓我難過的，每晚下班回家，迎接我們的是三隻貓兒，家裡再也找不到孩子們的身影和笑語，我常像遊魂般在她們的房間轉悠，緬懷她們在家時的種種，然而，此情只待成追憶，展翼離巢的鳥兒，夜不還巢是鐵一樣的事實，縱然悽惶失據亦於事無補，理智告訴我，趕快走出自傷自憐的悲情世界。

　　幸而時間是最好的療傷良藥，而改變家居環境更加速了傷口的癒合。我們壯士斷腕，扔掉了一些舊家具雜物，換了套新沙發和電視機，掛畫也重新安排，還把三個投閒置散的房間另派用場。面對煥然一新的居室，讓我有擁抱新生活的興奮，這個「家」終於完完全全屬於丈夫和我兩個人的了。

老二的房間用來作客房，每年二女兒一家從夏威夷回來探親，便回到自己的房間「重溫舊夢」，此外還接待過幾位親戚和朋友。老三的房間現在是丈夫的電腦室。一向對電腦敬而遠之的丈夫，在孩子們離巢後，才痛下決心學電腦，以便和女兒們網上傳情。

我則在老大離家後完了書房夢。她房間裡兩個空空如也的書架由老媽我接收，擺放著我的寶貝書，書桌上是我的稿紙和文具，我終於有了自己的屬地！閒暇時我常在此消磨時間，往往伏案至三更半夜仍樂此不疲，平時靜坐冥想，窗外綠樹搖曳，鳥語啁啾，讓人陶然忘憂。

傍晚時候，兩個女兒先後到家，丈夫不久後也下班回來，家裡頓時熱鬧起來。老三被喚進電腦室，幫老爸解決電腦疑難；老大陪我在廚房話家常，這趟回家她給我捎來一束花，我的心情頓時像色彩繽紛的花朵一樣怒放。

「吃飯啦！」待一盤盤熱氣騰騰的菜餚擺上飯桌後，我拉開嗓子喊，只在她們回來吃飯時，我才有「吊嗓子」的機會，可嘆的是，這樣尋常不過的家常便飯，現在卻成了奢侈的享受，且不說遠隔重洋的老二，每年頂多回家陪爸媽吃幾頓飯，就是住得不遠的老大和老三，公私兩忙，要像今晚這樣一家人圍桌吃飯，還得事先預約。

這就是人生，長大的孩子有自己的天地，老爸老媽只好自求多福，開拓人生新階段。

原載 11/20/2003《世界日報》家園版

# 快樂空巢族

　　大概每一位做母親的，遲早會經歷這麼一個階段，孩子長大了，或是上了大學住校，或是離家工作，或是成家立室有了自己的小窩，總而言之，是離開了老家，不再黏在你身邊。自孩子出生那天起，你習慣地以他們為生活核心，從早到晚為他們操勞，在學校、補習班、鋼琴班、中文班、球場……，這些固定場所打轉。一直以來，這種忙碌的生活讓你覺得充實又滿足，彷彿是為孩子而活，而孩子沒有了你便活不下去似的。

　　曾幾何時，他們不再依賴你了，另闢自己的天地，家裡沒有了喧鬧嘻笑聲音，那些可愛的人兒一個接一個，悄悄地自你的生活中淡出。於是你感到失落、不再受到孩子的關注和重視，生活失去了重心，多出的時間不知如何打發，連人生都失去了目標。這個時期我們稱之為空巢期，讓很多母親措手不及而無所適從。

　　孩子剛離家時，我也曾經歷過這樣的心路歷程，後來想開了，反而覺得孩子離巢後，另一段美妙人生才展開呢，以前想做而沒能做，或是沒時間做的事，現在正好趁這個空檔，隨心所欲、心無旁鶩地去圓這些未竟之夢。如今每天的二十四小時盡在我掌握中，任由我恣意揮霍、隨意支配，不需為孩子的飲食而營役終日，或為他們的課業而費盡心機，甚至乎不再為他們的夜歸而輾轉難眠。

　　噢！一早起來，天是那樣的藍，風是那樣的清，我整裝出門，趕著到公園和朋友們一起運動，然後帶著狗兒去散步，回來後到廚房煮杯香濃的咖啡，此時丈夫已上班去了，我靠在沙發上，蹺起二

郎腿，，拿起昨天未看完的小說，邊啜飲咖啡邊追尋書中的空中樓
閣，一個上午就這樣不知不覺地溜走了，這不正是我嚮往已久的優
閒生活嗎？可惜下午還要上班，不然這樣悠哉悠哉過日子該多好！
不過那並不打緊，明天是周末，今晚我們已約了好友夫婦在餐廳見
面，他們也是空巢族，毫無後顧之憂，我們將會聊個沒完沒了！

原載 12/14/1999《世界日報》家園版

# 天下父母心

　　人說「知子莫若父，知女莫若母」，可是身為父母的我們，連三個女兒所長和所好都不知道，卻秉著「望女成鳳」的心態，在她們一個個唸完中學後，或用威迫，或用善誘，將她們引導到我們認為合適的科系。

　　老大選讀數學，老二主修生物，志願是將來當個懸壺濟世的醫生，至於老三，兩年後進入同一所大學，意向理科。看著她們一個個修讀我們認許的科系，我這老媽當然樂得連做夢都笑了。

　　我們家三個女兒，讀書成績一向不錯，老大除了英文頂尖外，其他數理化都拿 A，老二跟老大不相上下，以生物為最優，音樂、繪畫也幹得有聲有色，而老三除了在學科上與姊姊們並駕齊驅外，更多了份沉著，也愛音樂，除了拉小提琴，有段時間還跟老師學鋼琴，她的藝術創作，靈動傳神，中學時的一幅啄木鳥彫刻畫，還得了獎，作品後來在美各大圖書館巡迴展覽呢。她們的成績，我們有目共睹，可是我們眼中看到的，只是引以為傲的數理化，其他藝術創作音樂繪畫等，則視為課餘消遣，絲毫引不起我們的注意，更遑論受到鼓勵和栽培了。

　　老大是首先發難的一個，她唸了兩年數科，說是興趣缺缺，要轉系唸她一向熱愛的文學系。我內心失望極了，明明讀得好好的，卻要轉系前途堪虞，將來頂多做個教書匠。我嘴上不說，心裡難過極了，在勸說無效下，只好悉隨尊意。她的老爸連說文科不出頭，

不如修讀會計吧！包管將來出路沒有問題。無論我們怎樣苦口婆心的勸諫，老大最後還是轉了系。

　　三年後，她以極優秀的成績自文學院畢業，同時因為是她的所愛，唸的時候輕鬆愉快，確實比她當初選的科系來得輕而易舉。畢業後，當了一年的老師，準備再回校讀書。看著她讀得和做得興趣盎然，我醒悟到父母應以兒女的興趣為興趣，不要一味替她們安排和舖路，路是自己走出來的好。身為父母的這種心態，除了愛子心切外，還可能有點「補償心理」，例如我的數學成績一向平平，如果女兒能讀個數學學位回來，我便感到與有榮焉。

　　看著老二不吭一聲地唸生物，成績斐然，我心暗喜。豈料她在大學的第三年，忽然宣佈有了男朋友，愛情至上，連考得不錯的MCAT都不放在眼內，不打算唸醫科了。對我來說，宛如晴天霹靂，暗想將來拿個生物學位，能做什麼呢？一年後她以優秀的成績畢業了，在實驗室待了半年後，竟然在一所美術學院當起全職老師。我問她：「你沒受過正規訓練，人家幹嘛請你？」可是明明確確，有板有眼，她教起繪畫來了。唉，我又看走了眼，家裡有個天才藝術家，卻被我誤導走了四年冤枉路，早知如此，何不唸四年藝專。我這種「我為你好」的愛女之心，平白浪費了二女兒四年的寶貴光陰。

　　這時，老三唸了一年大學，便鄭重宣佈要選修化學，將來當個化學工程師。我著實嚇了一跳，化學？豈非與毒物、毒氣和輻射為伍？於是我不顧前車之鑑，趕在塵埃落定前，轉移她的目標。那年暑假，我假裝不經意地說：「你平時最愛創作和繪圖，何不試唸建築設計？」老三入世未深，不疑有詐，又可嚐點新奇，便二話不說報名唸暑期班去了。一個暑假下來，說發現了自己的潛能，決定轉校轉系。這下輪到我傻了眼，整天神經兮兮再而三地問：「你確定是你的興趣了？」、「不再考慮了嗎？」，我甚至提議：「你還是唸化工吧！」

　　現時她已進入第二年，讀得確實得心應手，老師都稱讚她有天份。可是⋯⋯可是⋯⋯，誰知幾年後，她會不會像老大、老二那樣⋯⋯，算了！別多想了，反正老三現在唸的，正是我心有戚戚然而想修讀的科系，那還有什麼好說呢，又是「補償心理」作的祟！

原載 2/5/1998《世界日報》家園版

# 卷四

# 母親的老火湯

　　我打小喝母親的老火湯長大，母親是廣東人，最擅長煲老火湯。她用瓦鍋把水燒開，將材料依次放入鍋內，以大火煮沸後，改成小火煲煮兩三個小時，使食物的養分和鮮味溶合成濃郁香鮮的湯汁，一鍋好湯便可以上桌了。母親有雙會變魔術的巧手，利用各種各樣的食材和當令的瓜菜，便能變化出五花八門美味可口的湯水。夏秋氣候炎熱乾燥，她的老火湯有健脾開胃、消暑下火的效益；而春冬嚴寒濕氣重，她便以滋陰補腎、活血行氣的湯水來為我們禦寒去濕。她烹調的老火湯，最大的特色是菜肉俱軟爛，喝湯吃菜，易吸收好消化。我最愛喝她做的當歸黑棗雞湯，當歸特有的甜香和雞肉的鮮美，直是味蕾的饗宴，讓齒頰留香。

　　不過，我最不喜歡喝高麗參湯，雖然那是母親特意為我做的燉湯。我自小揀飲擇食，這個不吃那個不喝，獨愛啃黃豆芽，幾乎餐餐以它下飯，無它不歡。母親擔心我營養不足，便三不五時燉參湯給我進補，為了怕我偷偷把湯倒掉，她必在旁監督，還趁機給我上堂「健康課」，說此湯乃「高妹湯」，不可不飲，否則會不長高。我最盼望快高長大，唯有乖乖就範，捏著鼻子把苦澀的湯汁倒進肚子裡。長大後才曉得上了母親的當，我依舊瘦巴巴嬌小玲瓏，倒是很少生病，原來高麗參的藥效是提升免疫力而非增高！

　　小學時，我常喉嚨痛扁桃腺發炎，西醫建議把扁桃腺切除以絕後患，母親卻不同意這種頭痛醫頭、腳痛醫腳的治標方法，以後每逢犯病她便帶我去看中醫吃中藥，並經常煲鹹魚頭蠔豉海帶豆腐

湯，此湯有清內熱解毒的作用，後來便很少發病了。讀高中時，我又患了失眠症。當時會考迫近眉睫，我經常讀書至三更半夜才上床睡覺，許是疲勞過度精神亢奮，時常竟夜無眠。母親也不帶我看醫生討安眠藥吃，她認為我不過是勞神過度血脈不暢，以當歸黑棗雞腳湯補血，包管「湯到病除」，如此這般我連續飲了三個月補湯，此後上床便呼呼入睡找周公去了。當歸雞腳湯好喝極了，這道香鮮凝聚的老火湯，永遠讓我回味無窮，雞腳軟膩味道濃郁，百吃不厭。母親不僅是煲湯高手，她還是個道行高深的「食醫」，一直以來用「愛心老火湯」為我的健康把關。

　　母親今年已經七十八歲，依然勤於煲湯，對西方的維他命丸卻不屑一顧，認定她精心炮製的老火湯已有足夠的維他命 ABCDE。她不僅是煲湯高手，更是個美食家，舉凡與吃有關的東西她都感興趣，平時常夥同兒孫親友到餐館打牙祭，吃遍中西美食，對「煲湯經」更侃侃而談如數家珍，隨時隨地都可以舉出幾道強身保健的湯譜，什麼「魚頭黑豆湯」可治頭痛啦、「羊肉老薑湯」補腎啦、「蓮藕牛腱湯」補血啦……言之鑿鑿，不由聽的人不信，更何況這位長者思路清晰，手腳麻利，又耳聰目明，不正是醫食同源的最好例證嗎？

　　結婚後我也開始煲湯了，我做的老火湯雖然不能與母親的相提並論，總算不辱使命，每晚都有湯水給家人享用。可以這樣說，我是喝母親的老火湯長大的，而女兒們是喝我做的湯水長大的，一鍋濃濃的老火湯，不僅為家人們提供營養，也是我們三代人共通的語言。

原載 02/26/2008《世界日報》副刊

# 外剛內柔慈母心

　　我很幸運，長期能跟在母親身邊，結婚有了家庭後，依然和母親住得很近，想家時可以隨時隨地回娘家，更可隨時攜家帶眷回去吃飯，應急時母親又可來我家幫忙。婚後的我，因有母親時時刻刻的關懷與照顧，讓我仍像小女兒般生活。母親愈老愈慈愛，對我們言聽計從，可年輕時，她是個言出必行的嚴母。

　　母親本是個溫柔的女性，因她身兼父職，獨自擔起教養責任，只好板起臉孔管教女兒。父親在我一歲半時離家外出謀生，直至十九年後才與我們團聚。我對父親的認識，都是從母親那兒聽來的，也只有這時候，母親才略展歡顏娓娓而談，平時，她鮮言寡笑，嚴肅得很。年少的我哪能體諒母親的處境，時時暗中將她和好友的母親比較，總覺得別人的母親又慈愛又和藹，自己的母親卻不解人意。雖然我很少跟母親正面衝突，卻常陽奉陰違，把她的話當作耳邊風。直至結婚後身為人母，扛起養育孩子的責任，才體會當母親不易，我有丈夫幫忙，尚且如此艱困，想母親當年獨力撫養我，必然吃盡苦頭了。

　　雖說為母則強，母親那顆易感的心，常觸景傷情暗暗飲泣，為自己的際遇而哭，也為困在鐵幕內的弟妹而哭，有時她哭到讓我心煩意亂，我不僅不溫言安慰，反嫌她影響我的情緒。我的倔強個性可能是這樣形成的。後來我心愛的小貓走丟了，遍尋不獲，卻惹來鄰居冷言冷語的奚落，為此母親感懷身世哭得肝腸寸斷。這件事故永遠烙在心版上，讓我傷心痛楚。

　　外剛內柔的母親，跟親朋鄰里都相處得很好，唯獨對我則「愛之深教之切」。記得小時候我曾被她體罰過好幾次，吃罷「竹筍炒肉片」，還要被關在房間裡罰站思過。母親雖思想守舊，卻不信「女子無才便是德」，常諄諄告誡要我勤奮讀書，又說我是她唯一的希望。偏生我個性懶散，做事永遠慢半拍，常常把功課拖到最後一刻才動工，成績當然讓她失望了，她恨鐵不成鋼，只好嚴加督促，好像交功課的是她，而不是我！中學會考迫在眉睫那幾個月，我常讀書至深夜，她擔心我用功過度影響健康，每晚都熬老火湯給我滋補身體，更陪我捱更抵夜，直至會考完畢，我榜上有名，母親才如釋重負放下心頭大石。她沒有參加考試，卻和我一樣經歷苦讀的過程。

　　母親做人心誠意正，不投機不取巧。她自奉慳儉，除了平時換洗的衣物和應用的物品，很少添購不必要的東西。她對我亦作同樣的要求，只在過年時或衣服不合穿時才給我添置。我的玩具大多數都是自家製造的小玩意兒，正牌玩具只有一個會眨眼珠子的洋娃娃，以及一盒五顏六色的積木。

　　不亂花錢的母親有一顆悲天憫人的心，時常寄錢接濟鄉間的親友，若有乞丐伸手向她討乞，她必慷慨解囊，把錢交給我，由我送到行乞者手上，讓我體驗施比受更快樂的機會。長大後我也跟她一樣，常懷一顆樂善的心。母親不擅言詞，很少長篇大論說道理，也沒有義正詞嚴的家訓，陪伴在她身邊幾十年的我，卻在不知不覺間濡染了她的言行思想，更不可思議的是，我教養孩子的方法，和她的如出一轍。

　　謹以本文恭祝母親 80 歲生辰，福如東海、壽比南山！

原載 5/9/2010《世界日報》家園版

# 有弟弟真好

　　年輕的親戚朋友中，只生養一個孩子的為數不少，這也難怪，現在不是農業社會，不必像以前那樣需要大量勞動力來深耕易耨。那時候，大部份人家都是幾代同堂聚居一處，生兒育女成了家族大事，人丁愈多家族愈顯得興旺，不管是那房媳婦添丁，長輩們都來幫忙，妯娌也不袖手旁觀，孩子在大人的關懷照料中，在同輩手足的嬉戲笑鬧中，快快樂樂地過日子。

　　時至今日，大家庭的風光不再，兄弟妯娌散居各處，過的是小家庭生活，至於與老人家共居一屋簷下的，就如鳳毛麟角了，這樣的好處是婆媳妯娌間的摩擦減少了，相對的是養育下一代時少了依靠。現時流行雙薪家庭，夫妻兩人都上班，若添了小人兒，誰來照顧他呢？請保姆或托兒所代勞的話，又衍生了管教素質和經濟上的問題，兼之現在社會環境日益複雜，青少年問題層出不窮，令結了婚的人寒了心，對於生兒育女的計劃，更加擁護「只生一個」的計劃，這樣的抉擇，算是向婚姻和長輩作了交代，家裡因有了孩子而熱鬧起來，夫妻倆享受到天倫的樂趣。況且年輕的一代深信孩子貴精不貴多，奉行優生優養，把最好的東西全放在一個孩子身上，準會炮製出優秀的下一代。

　　身為獨生兒的孩子，確是天之驕子，他獨佔父母全部的關愛、享用最精緻的物質，接受最完整的教育，對他來說，任何事物和欲望，猶如探囊取物，任由他予取予求。儘管如此，他時常感到寂寞和孤單，他豔羨的不是堆在他面前的珍饈美饌，而是那些孩子眾多

的家庭，圍桌吃飯時的熱鬧場面。他渴望有一個與他有著血緣關係的手足，在他成長的期間，與他一起打球、搶玩具、翻觔斗，看電視時和他談論劇情或球賽、失意或得意時與他促膝談心、戀愛時充當他的顧問，或者在人生的路途上，遇到挫折和失敗時，給他親情的慰藉，更重要的是，當那一天父母親老去時，他知道在這偌大的世界裡，還有一個和他血濃於水的親人，而不是獨一無二只他一個。

前面所述，可說是我在成長期間的感受，那時家裡只有我一個小孩，我最怕母親說：「我只有你一個」，那會給我好大的壓力。當時只有我一個，自是缺少兄弟姊妹來跟我操練與人相處的模式，諸如妥協、合作、溝通、和解、忍讓、分享、包容等。長大後，我於待人接物方面總遜人一籌，自然也不怎樣善解人意了。

在我二十一歲那年，父母親給我添了對孿生弟弟，我不再孤獨了，終於有了兩個血脈相連的兄弟！看著他倆一天天長大，我這老姊深感欣慰。他們對我關懷備至，凡事都搶著幫忙。昨天小弟來我家，無意間發現車子的輪胎洩了氣，立即跟我說：「姐，我拿去給你修補。」頓時，我的眼睛濕潤了，有弟弟真好！

原載 5/3/2002《世界日報》家園版

# 給婆婆送飯

每日開車去上班，我或丈夫必先拐到婆婆家，給她送飯。婆婆總能算準時間，敞開大門，笑吟吟倚門相迎。

通常我會在她家逗留個多小時，和她邊聊天，邊打理一些家頭細務，並協助她洗頭沐浴等。婆婆今年九十歲，雖然行動俐落、耳聰目明，畢竟年紀大了，處理家務事和炊事已力所不逮，一日三餐都由我們打點。

兩年前說服她搬家，與我們毗鄰而居，這樣便於照應，可是她席不暇暖，便吵著要搬回舊居。這也難怪，我們住處樹多人稀，她不敢外出，附近又沒有朋友，加上我們一週七天都上班，偌大的地方，日間就只她一個人在家，日子無聊難過，而且她年事已高，要適應一個新環境，談何容易。

這樣不情不願住了兩年，她終於如願以償，打道回府了。才返抵家門，她迫不及待指揮著搬運工人，把家當諸物一一「物歸原位」。她的記憶力驚人，讓我自嘆拂如。也許，離家這七百多個日子，她魂牽夢縈著老家，裡頭的擺設，早已夢迴千萬遍，鏤刻在心板上了。自小姑嫁後，她在這所房子住了二十多年。

婆婆渾然不知老之已至，憑著一股不服老的銳氣，一意孤行搬回舊居。她是個活力充沛而又樂觀的人，幽默逗趣，最喜歡跟年輕人談談說說，常樂得笑呵呵，可是對同輩老人家卻沒啥好感（幾位老友除外），嫌人家老氣橫秋食古不化。有時我故意糗她：「媽，您也是老人家呀！」可她一臉的不以為然，自覺思想新潮跟得上時

代。她最痛恨別人叫她「阿婆」或「老太婆」，聽了準翻臉。有回三姑犯了禁忌觸了霉頭，就這樣被她「驅逐出境」，只因為喊了聲「老太婆」，碰了一鼻子灰。

她待我至為親厚，大概是「愛子及媳」吧。其實，骨子裡我和她脾性相近，都是直來直往、實話實說之輩，知己知彼無話不談，很有婆媳緣。她雖不服老，卻不忌諱談生論死，好笑的是，每回她把一些「寶貝」交給我時，總不忘笑嘻嘻帶上幾句：「將來我死了，你便不肯要這些東西了」。她笑談身後事，灑脫自在，多麼豁達啊！

婆婆活得健康長壽，大概是個性開朗達觀，加上天生基因好。時下大家戰戰兢兢奉行的健康守則，她沒一項遵守，例如她吸了一輩子菸，八十幾歲才戒掉，又愛吃香喝辣，嗜食「肯德基炸雞」、披薩這樣油膩的食物，而且從不運動。如此得天獨厚，真羨煞人也！

八十幾歲時，婆婆依然種了滿院子瓜菜，每日澆水、除草、施肥忙個不亦樂乎。平時除了串門子，更常夥同我老爸、老媽和二姨，組成「四人幫」，由老爸開車，載著三位老太太招搖過市，到唐人街飲茶、上中國超市買菜、逛百貨商場……，後來老爸生病了，二姨往生了，只剩下婆婆和老媽結伴上街，生活無復往日的熱鬧繽紛了。

那時，每個禮拜六，我們都在婆婆家吃晚飯，由婆婆掌廚，精心為我們炮製可口的菜餚，孩子們最愛她做的紅燒雞翅膀、炸豬排、煎魚餅……，最讓我銘感於心的是，餐桌上必有一盤我百吃不厭的蝦米炒黃豆芽。如今婆婆年事已高，輪到我為她張羅食事了。

搬回老家後，熟悉的環境讓她安心不少，但生活依舊單調寂寞，她很少去串門子了，附近的幾位老友，有的凋零了，有的罹疾了，有的深居簡出了。大抵一個人年紀愈老，相交的人和可做的事

愈來愈少。婆婆不願參加坊間的老人康樂活動，當此風燭殘年，卻選擇獨居，我們雖不放心，但愛莫能助，能夠做到的，亦只是從旁協助她的起居飲食，讓她隨自己選擇的方式過日子。

原載 7/7/2002《世界日報》家園版

# 農曆年與聖誕節

　　轉眼間聖誕節又快到了，三個女兒忙著替聖誕樹披燈掛彩，忙著包裝禮物，忙著寫信給聖誕老人，忙著……。聖誕節是美國的大節日，普天同慶，尤其是小孩子，興奮得連睡覺都夢見聖誕老人。我不由得想起小時候在香港過農曆新年的熱鬧情景。

　　十二月才剛開始，我便盼望過年了，這時大街小巷熙來攘往，販攤的叫賣聲此起彼落，向匆匆過路的人推銷應節貨品，百貨公司、雜貨鋪更是水洩不通，到處一片急景殘年景象。我最喜歡跟媽媽上街趁熱鬧，平時省吃儉用的她，這時大破慳囊辦年貨，採購的都是應節食品，蠔豉、冬姑、鮑魚、蝦米、瓜子……等，還順便買了幾張紅艷艷的揮春。我也不虛此行，口袋裡裝滿了糖果蜜餞，足夠我吃個幾天。

　　除夕那天，媽媽不用上班，摸黑便起來，和祖母在廚房裡蒸年糕、炸煎堆、宰雞殺鴨做年夜飯。廚房裡氤氳著香噴噴的年菜味兒，讓人垂涎三尺，我和小舅舅鑽出鑽入，乘機順手牽羊，把蝦片、腰果、油角、煎堆……往咀裡塞，還未到吃年夜飯時刻，我們已把肚子填飽了。媽媽的年夜飯來來去去都是那幾樣菜式，有雞有魚有蝦有燒肉有……，還加上一道象徵發財好市的髮菜蠔豉冬菇湯。吃年夜飯的規矩可真多，媽媽早就耳提面命一番：不許說不吉利的話、不可掉筷子砸碗碟、不可提前離座……。我和小舅舅吃得心不在焉，恨不得早點結束，重頭戲正等著我們開鑼呢。

　　吃過年夜飯，母親趕著到隔壁打麻將去了，美其名謂之「守歲」，玩個通宵達旦。我和小舅舅隨著鄰家幾位年齡相若的朋友，到街上放炮竹，小時候我膽子極大，什麼雙響炮、電光炮……我都敢點燃，聽著轟隆的爆炸巨響，好刺激！後來長大了反而膽小如鼠。鄰家有副棄置不用的麻將供我們耍樂，雖然對打麻雀一竅不通，我們自創章法玩得興高采烈。凌晨兩三點時，鄭伯伯帶著我們一班小傢伙逛花市去了，此時花市已近尾聲，很多乏人問津的花卉盆栽都割價求售，鄭伯伯選了好些便宜貨品，由我們幾個小孩，興高彩烈地捧著回家。

　　年初一起個大早，雖然只睡了三、四小時，卻精神奕奕，我換上新衣服，笑嘻嘻地給祖母和媽媽拜年，接過她們的「利是錢」，又找朋友玩耍去了。這天大人們啥都不幹，也不掃地、也不洗衣，也不煮飯，繼續攻打四方城，自然也不怎樣管束我們了。接下來的幾天，我跟著媽媽和祖母去拜年，大人們真慷慨，硬把「利是錢」和糖果往我手裡塞，真希望天天都過年該多好！

　　移居美國三十多年來，我們每年都煞有介事的慶祝中國新年，吃年夜飯、派壓歲錢，但這裡沒有過節氣氛，也沒有法定假期，農曆年冷清得像個平常日子。女兒們常好奇地問：「為什麼過了新年還有個中國新年？為什麼沒有一個固定的慶祝新年日子？」儘管我繪形繪聲地講述兒時過年的種種習俗和熱鬧情景，她們似懂非懂，在美國長大的孩子，不曾在中國社會生活過，不曾受過中國文化的洗禮，實在無法理解父母輩的農曆年情懷，正如我們無法感受到孩子們過聖誕節的興奮心情一樣。

原載 2/9/2008《中國時報》

# 有相為證

　　星期六中午，舅母來禮品店找我。那天是周末，顧客盈門，她見我忙得不可開交，聊了一陣子話便離開了。

　　沒料只一會兒工夫，她匆匆折返，臉上神色不定張惶失措，原來出了車禍。當時停車場交通壅塞車水馬龍，她顧著倒車，一個不留神，車尾竟和一輛行駛中的車撞個正著。這會兒那位車主候在出事現場，向她索賠。舅母英文不大靈光，於是折回找我幫忙。

　　我立即隨她趕到肇事地點，那位墨裔車主正指手劃腳和商場警衛說語。警衛向舅母要了駕駛執照和汽車保險，逐一抄在他的簿子上。然後兩造便展開談判，由我擔任翻譯。

　　按照舅母的意思，願意賠償對方一百五十元，希望不用驚動保險公司。舅母毫不諱言，承認自己粗心大意闖禍，只是當時車速緩慢，兩車可能並沒有「短兵相接」。事實確是這樣，對方的車身依然光亮平滑。我用手來回撫摸著，覺不到一點凹凸傷痕，如果硬要雞蛋裡面找骨頭，便是有個地方色澤比較黯淡，大小如一枚硬幣，也不知原來便是這樣，抑或是兩車相接時留下來的印痕。可是對方不肯罷休，也不接受現金賠償，執意要交由修車廠估價，再作定論。雙方各執一詞據理力爭，談判就此膠住了。

　　正在一籌莫展之際，我忽然想起很久以前一位美國同事的忠告，她建議我放個相機在車內，一旦發生車禍，手邊即時有相機應用，拍下車禍實況，以便有相為證，避免事後被人「嫁禍」。她以前便吃過這樣的暗虧，有次不慎發生車禍，原本對方的車損壞不

大，事後卻被無良的車主把該部位加意破壞，向保險公司狠狠的索取修車費和人身受傷賠償。不經一事不長一智，從此她備有相機作護身符，不論大小車禍，一律拍照存證，讓對方無所施其技。

所謂害人之心不可有，防人之心不可無，我立刻飛奔回店取相機，沒料丈夫說相機早就報銷不能用了。真是屋漏更兼逢夜雨，情急之下，只好濫竽充數，硬著頭皮帶著這個「窩囊相機」趕回現場，裝模作樣替兩輛車子以及一干有關人士「拍照留念」。我意猶未盡，特意為那個「印痕」拍了幾張大特寫，好笑的是，沒人知道我在故弄玄虛。

兩天後，對方打來電話，說她去了兩處估價，向舅母索賠五百八十元，還說如果舅母願意付現金的話，她保證不向保險公司報告。我代表舅母一口拒絕了對方的「好意」，並請她直接向保險公司交涉，因我們已備了案。出乎意料之外，此後她沒再打電話來了，也沒向保險公司索賠，舅母一個子兒沒花，事情就這樣不了了之。

設若當時沒有「拍照留念」，事情的發展可能就不一樣了，萬一她回去把車子砸個稀爛，來個惡人先告狀，那廂「鐵證確鑿」，這廂卻「死無對證」，豈非有理說不清！這次居功至偉的，是我們的「窩囊相機」，居然「死老鼠遇著盲貓」，蒙混過關嘍！

原載 12/20/2001《世界日報》家園版

# 憶二姨

剛從二姨的喪禮回來，心頭抑鬱得直想哭個痛快。

悼念儀式在墓園的小教堂舉行，請來了牧師，在座參加追悼的都是近親和至交，一室瀰漫著悲戚與哀傷，大家都在默默哀悼二姨這趟苦難的人生之旅。她操勞了大半輩子，在將屆退休之齡時，卻罹患了頑疾，藥石罔效纏綿病榻數載，退休的好日子一天沒過著，就這樣受盡磨難撒手走了。

期間她兩度中風，半邊身不能動彈，憑著剛強堅毅的意志，以及家人的扶持與鼓勵，一次次康復過來。每回看見她蹣跚的步子，舉步維艱地在人行道上練習走路，我想不透一向柔順的她，怎會如此堅毅執著？必然是她對生命的熱愛、對丈夫和兒女的依戀，鼓舞著求生的意願。

耳際飄來牧師的聲音：「……她從塵土來，復歸塵土去，又自塵土中復活……」，我禁不住淚流滿面，我確然相信上帝已許了她永生，只是從此幽冥阻隔，誰能灑脫得不放聲一慟！

二姨為人爽朗愛說笑，常妙語如珠引人發噱，雖然她比我長了十六歲，我卻沒上沒下的跟她鬧著玩，她也不拿我當小輩，兩個人的關係有點像朋友，我不稱她「二姨」，卻管她叫「阿 Fat」，可真是目無尊長了。其實二姨並不胖，身體壯健結實得很。二姨和母親個性南轅北轍，身為長姊的母親嚴肅木訥不拘言笑，二姨卻談笑風生輕鬆自在，我愛親近二姨，對母親卻敬畏有加溝通不良。

139

　　二姨和姨丈結婚初期住在九龍，大女兒出生後，才搬到新界與婆婆一起生活，姨丈依然留在九龍工作，休假時才回家探望家人。二姨在家並不閒著，婆婆幫忙照顧幾個幼兒，整個農場的粗重工作便由她一個人承擔下來。她每天起早摸黑，打掃豬房雞舍、熬煮飼料，然後於早、晚時分拎著一桶桶食料，逐個豬棚雞舍分發，常常弄得灰頭土臉筋疲力竭，和以前衣著整齊神采飛揚的她判若兩人。讀中學時，我每年暑假都在她家農場度過，常跟在她身邊，看她餵豬飼雞，我邊哼著歌兒邊採摘野花，可從沒體念她的辛勞，想來真是愧疚萬分。

　　移民美國時，她已是個中年人，對新生活調適不易，看著孩子們受了西方思想的薰陶，和她根深柢固的傳統觀念漸行漸遠，她常找我傾訴，我卻愛莫能助，無法為她解憂。

　　二姨為家庭奉獻一生，也和她那個年代的婦女一樣，沒能趕上婆婆的末班車，在年紀老了時，便自然而然得到家庭和社會的尊崇；也不像年輕的一代，搭著男女平權的列車，在社會上和家庭裡的角色獲得肯定。此際，我腦中響起大表妹在喪禮中的致詞：「媽媽一直把丈夫和兒女放在第一位，竭心盡力為家，忘卻了自己……。」

原載 6/4/1999《世界日報》家園版

# 渾然忘年

　　年過半百後，我多愁善感起來，生活上可喜的事情愈來愈少了，對老之將至心懷戒懼。奇怪的是，年長的婆婆對歲月毫無感應，依然健康硬朗，心情愉悅笑口常開，好像吃了抗老藥，對「老」無動於衷。

　　婆婆的抗老藥不是醫生處方的藥物，也不是藥房出售的維他命丸。她的妙方是「忘記」：忘記年齡。和她聊天，她總是說誰誰比她老，一口咬定所有的親戚朋友年紀比她大。在她的心目中，大抵只有兒媳和孫輩較她年輕，這是她不能否認的事實。其實幾年前她已升格為曾祖母，真羨慕她擁有一顆永遠不老的心。

　　自認跟得上時代的婆婆，最痛恨別人叫她「阿婆」或「老太婆」，聽了準翻臉，甚至下逐客令。所以每逢有生客到訪，我必然提醒他們，別觸犯婆婆的禁忌。她喜歡和年輕人交朋友，和他們談笑風生，快樂得像個小孩子。可對同輩老人家卻沒好感，嫌人家老氣橫秋食古不化。有時我故意糗她：「媽！您也是老人家呀！」她一臉的不以為然，認為自己思想新潮與眾不同。

　　我是她喜愛的「年輕人」之一，我們總有聊不完的話題，我常跟她抬槓開玩笑，她不但沒生氣，還樂得呵呵笑，一起外出時，人家以為我們是母女呢！有次我替她清理房子時，她盯著我仔細研究一番，然後問：「你最近是不是長高了？」我聽了一楞，心想年過半百只會愈來愈矮，怎可能長高！我索性哄她：「是啊，近來我每天都吃維他命 ABCDE。」她聽了深信不疑。原來一個人老了真

的會返老還童，我家婆婆便是最佳的證明，她返璞歸真，純稚如兒童。

婆婆堅決拒絕和歲月一起成長，沒有了歲數的負擔，她活得快樂逍遙。時下流行的健康守則，她沒一項遵守，她吸了幾十年菸，八十歲時才戒掉，又愛吃香喝辣，連我們都不沾口的炸雞批薩炸薯條等西方美食，她照吃如儀，可是她的驗血報告和血壓比誰都正常，真羨煞人也！

另一位「老朋友」也如婆婆一樣，永遠保持一顆年輕的心。她是我小學同學的媽媽，幾十年來，雖然歲月在她的臉上留下刻痕，可心境卻「依然故我」，絲毫覺不到老之已至。五年前我和丈夫參加她的九十歲壽宴，當晚她穿金戴銀雍容亮麗，精神抖擻如穿花蝴蝶般滿場遊走，親自接待賓客，絲毫不見倦態，直至散席仍熱情地與親友握手道別。

如今五個年頭過去了，她依然步履輕盈耳聰目明，每天早上堅持到公園運動，而且必定比別人早半小時到達，待大家齊集時，她已沿著公園慢跑了一圈，然後臉不紅氣不喘地和大家一起做早操，連金雞獨立這樣高難度的動作也照做如儀。運動畢，她也不打道回府，卻跳上公車「遊車河」去也，有時順便逛逛超市，買些水果蔬菜。自六十五歲退休後，三十年來她就這樣自強不息地過生活，盡量不給照顧她的家人添麻煩。

婆婆和同學的媽媽，生活習慣截然不同，一靜一動，婆婆從不運動，同學的媽媽卻鍛鍊有恆，然而兩人都健康長壽。我想，除了基因好，兩人都豁達樂觀、萬事不掛懷，年紀愈大愈灑脫，渾忘的豈止年齡，她們對兒孫不再縈念，對名利不再追求，沒有了名利癡貪嗔的牽絆，人自然活得逍遙自在，而逍遙自在不正是健康長壽的靈丹嗎？

　　《紅樓夢》「好了歌」說得好：世人都曉神仙好，只有功名忘不了。古今將相在何方？荒塚一堆草沒了！世人都曉神仙好，只有姣妻忘不了。君生日日說恩情，君死又隨人去了！世人都曉神仙好，只有兒孫忘不了，癡心父母古來多，孝順子孫誰見了！

　　作家端木野也這樣說：「年輕時，希望自己的記性好，越記得多，越是充實，年老時，希望自己記性壞，越忘得多，越是逍遙。」

原載《洛城作家》第十四期

# 一杯水的故事

　　老伴看著驗血報告上的數字，喜出望外，幾乎不能置信，原來他的膽固醇從二百一十降到一百六十三，而且好膽固醇足足比前次提升了二十多點。

　　每年到了驗血時刻，他便緊張兮兮，生怕膽固醇繼續攀升，要被強迫服藥，而他最討厭藥物。這些年來他一直堅持以食療來降低膽固醇，可惜成效不彰。這次的驗血報告超理想，實在出人意料之外，況且最近因二女兒一家回來渡假，我們三天兩頭都在外面用餐，餐館食物又鹹又膩，怎麼膽固醇不升反降？讓人百思不解。臨睡前，瞧著老伴舉杯喝水的身影，我忽然福至心靈茅塞頓開，莫不是這杯水把一天積聚下來的油脂沖洗淨盡？

　　老伴睡前喝水的習慣是去年開始的，差不多有一年了，那時一位遠房親戚來訪，大家聊起保健養生的秘訣，她談及睡前喝水的好處；還說她的醫生兒子每晚必提醒她喝水，他認為睡覺時至少有七、八個小時無法補充水份，這杯水有助於稀釋血液的濃度。

　　親戚一生坎坷不幸，含辛茹苦把兒子養大，終於苦盡甘來栽培兒子成材。她的丈夫在她有了身孕後離開家鄉，自此一去不返，卻在外地組織了新家庭，把她們母子倆拋棄了，兒子自出娘胎從未見過父親一面，後來她帶著兒子移居香港，之後又以勞工身份輾轉來到美國，為的是要替愛兒尋找光明遠大的前途。異邦生活艱苦寂寞，更激勵了她發奮圖強的心志，兒子終於完成學業，成為懸壺濟

世的醫生。親戚個性溫婉敦厚，不怨天尤人，把自己的不幸化為力量，兒子的成就是她一生最大的安慰。

其實，我自小便有睡前喝水的習慣，幾十年來持之以恆。讀小學五年級時，國文老師梁榮業先生，跟我們談論保健之道，建議同學們每晚睡前喝杯水，這樣便百病不侵，可防止傷風感冒。一向奉老師的話為金科玉律的我，雖不明其所以然，卻奉行如儀。聽了親戚的一席話，才明白老師的保健方法其實很有科學根據，我的膽固醇向來偏低，看來就是這杯水的功勞。

原載 3/9/2006《世界日報》家園版

# 改名換姓

　　雖說「行不改名，坐不改姓」，一生中改名換姓的機會還是有的，例如女人結了婚，照俗例跟了夫姓，離了婚又改回本姓，再結婚的話，當然又要另冠姓氏了。數十年前，我曾因種種原因「改名換姓」好幾次，卻與婚姻無關。

　　我家祖上遠在一八八〇年前後便來到美國謀生，那時是清末，高祖父隨同一干鄉親乘船抵達舊金山，當時他們持著「假紙」入境。所謂「假紙」，其實就是向美國華僑買來的「出生紙」，持著它便可以堂而皇之以家屬身份進入美境。因著這番轉折，高祖父和鄉親們一直以「假姓」在美國討生活。

　　初期他們還留著辮子，可是上街常惹來異樣眼光，甚至被一些頑劣之徒拽著辮子戲弄，最後只好忍痛把辮子犧牲了。在這個生活習慣與言語不通的國度裡，他們並不打算在此終老一生，只一心一意努力攢錢，等到年紀老了便落葉歸根，回鄉頤養天年。

　　然而，一九〇六年三藩市發生的大地震，卻把許多人的命運改寫了。那次是西岸有史以來最嚴重的地震，災情慘不忍睹，樓房傾圮，死傷狼藉，整個城市成了一片火海，市中心的移民局大樓也在大火中燒毀了，裡面儲存的檔案隨之化為灰燼。災後，移民局任憑居民重新申報戶籍。據說當時的情況混亂極了，大家乘機混水摸魚，有訛稱土生的卻不諳英語，有虛報家鄉兒女成群的卻並未娶妻。我家高祖父也不甘後人，謊報鄉間有八個兒子，平白賺進了好幾張「出生紙」。

　　在那以後，他的兒子、姪子、孫子，全都持著出生紙來了美國。身為孫子的祖父，初來時隨高祖父在洗衣店工作，每天幹活十五、六個小時，餓了累了便鑽進工作檯底下，啃個麵包稍事休息片刻，便又埋頭苦幹。這是當年一般華僑的生活狀況，幹的都是時間長而酬勞少的粗活，生活環境艱苦卓絕。後來祖父回鄉娶妻生子，兒子長大了便帶回美國。在我出生之前，我家已有四代人出洋，沿用的仍是高祖父的「假姓」。

　　屬於第五代的我，在家鄉出生。當年父親回鄉成親，也像祖上的人一樣，娶妻生子後便獨自返回美國，把母親和我留在家鄉。我的名字是祖父從美國寄回來的，因我是女孩，將來不用出洋謀生，所以給我冠上的是「真姓」。幾年後母親帶著祖母和我移居香港，在替我領取身份證時，故意換成父親的「假姓」，母親對它滿懷希望，幻想著有天它會把我們帶到父親的身邊。在這段遙遙無期的等候歲月，母親鬱鬱寡歡，只有望著美國領館大門興嘆的份兒，眼看我漸漸長大，一家人卻團圓無期。日子一天天過去，我的童年歲月悄然結束了，我謹遵母命，嚴守秘密隱姓埋名，同學和朋友只知道我的「假姓虛名」。

　　直至上世紀六〇年代，美國的移民政策忽然有了一百八十度轉變，不只放寬移民條例，更既往不究，允許所有持「假紙」入境的人到移民局「坦白」，改回「本姓原名」，並可申請家屬來美團聚。於是祖父和父親，迫不及待到移民局更正姓名和籍貫，並為我們辦理移民手續。話分兩頭，我在香港也忙著「改名換姓」，這次是恢復「本姓原名」。回想母親當年苦心孤詣替我隱姓埋名，如今卻將「假姓虛名」撇之若履，世事多變，又豈是常人所能意料！

　　兩年後，我們家三代的女性：祖母、母親和我，終於踏上美國土地，當我們一家人淚眼模糊地執手相認時，距高祖父當年抵達三

藩市已差不多一百二十年。來美後我添了洋名，婚後又隨了夫姓，原來的名字已面目全非，最讓我懷念的是我的「假姓虛名」，它伴我度過整個的成長歲月。

原載 03/31/2000《世界日報》家園版

# 鏡框裡的合家歡

對我來說，每年的二月十日是個難忘的日子。三十多年前的這天，我們家三代人在異國他鄉圓了團圓夢，最讓我興奮的是，與睽違了十九年的父親團聚。儘管我家自高祖父那一代便在美國謀生，但家中妻女全都留守家園。祖母、母親和我是我們家第一批踏上美國土地的女性。當我們一家人淚眼模糊地在三藩市執手相認時，還以為是在夢中呢。在此之前，我從未見過祖父，與父親雖曾一起生活過一段日子，但那時我不滿兩歲，毫無記憶，唯一為那段幸福歲月作見證的，是我家鏡框裡那張泛黃的合家歡。

照片裡的我，才十八個月大，被母親抱在懷裡，居然正經八百不哭不鬧。我穿著祖父從美國寄回來的娃娃洋裝，襯著滿頭天然鬈髮，活像個洋娃娃。父親西裝革履正襟危坐，嘴邊漾著笑意，母親則穿著一襲中式旗袍還燙了髮，親密地依偎著父親而坐。照片裡的一家人，樂融融滿幸福的樣子，事實上雙親滿腔離愁別緒，只有我這個小人兒懵懂無知。

照相後沒多久，父親便依依依不捨揮別家小，獨個兒回美國去了。每回憶起這段往事，母親便泫然欲泣，說父親離家後，我仍拎著他的一雙拖鞋，四處找爸爸。

父親絕沒想到一別竟是十九年，離家後他便沒有再回來。後來我們移居香港，美國的移民政策卻日趨嚴苛，父親不敢輕舉妄動替我們辦移民。直至上世紀六〇年代末，美國的移民法例改弦易轍門戶大開，我們一家才有機會聚首一堂。

在那段遙遙無期的等待歲月裡，母親鬱鬱寡歡，唯一能稍慰她悲苦的心的，是父親每月捎來的家書。我最喜歡夾在信裡的照片，常常凝視著相中人笑容可掬的容顏，拼湊父親的模樣。隨著歲月流逝，父親寄來的相片，和合家歡裡的他愈來愈不相像了，到後來簡直判若兩人。我亦自一個小女孩漸漸變成亭亭少女，父親的照片再不能滿足我，無法彌補現實生活中父親缺席的遺憾，這種失落的感覺，在每年的農曆年時尤其強烈。眼見左鄰右舍的朋友們，都興高采烈地與父母手足一起圍桌吃團年飯，我家卻只有祖母、母親，小舅和我四個人冷清清地過節，縱然滿桌美饌佳餚，我卻吃得索然無味。這種落寞的感覺，隨著年齡的增長愈來愈強烈，我最渴望能夠與父母親共同生活在一屋簷下的溫暖家庭，這比錦衣玉食更重要。

九歲那年發生的一件事，永遠烙在我的心版上。那天我心愛的小貓忽然失蹤了，遍尋不獲讓我心焦如焚，後來有人說是鄰家伯伯把牠扔到老遠的山邊，我急得又哭又鬧，結果惹來鄰居的責罵，母親感懷身世哭得肝腸寸斷，我雖不懂人情世故，卻曉得這些話的涵義。此後好多年，每逢情緒低落時，這些話語便自腦際浮現，揮之不去，讓我自傷自憐。

當年父親回鄉成親，婚後原打算攜眷返美共組家庭，無奈祖母不允，硬把媳婦留在身邊。父親慈命難違，母親又人微言輕，哪能為自己爭取幸福，終於父親依依不捨揮別妻母，再度離鄉別井，從此夫妻天各一方蹉跎歲月。

如果父母親不是生長在封建保守的鄉下，又或晚生幾十年，生活在現今這個世代，我們一家人的命運便截然不同了。

原載 04/15/2004《世界日報》副刊

作者幼年與父母親合影。

# 卷五

# 退休遐想

　　看罷「老了真好」，我不禁在腦海中模擬予稚女士的輪廓，想她必「人如其名」，活躍、樂天、知足、喜感不絕，而且還是個「大而化之」的人。別以為「大而化之」是對老人家不敬，一個人活到一把年紀，就要凡事看開，萬事不掛懷，思想開放，既無尊卑之念，不以長者自居，卻有童稚之心，像孩童一樣帶著好奇的心看待事物，能接受肯嘗新，與社會節奏齊步。如果一味墨守成規，老氣橫秋板著臉孔做人，恐怕連兒孫都不願親近呢。

　　我年剛過半百，老大不小，屬於老中年，屈指一算，離「老人家」一族不遠矣，不禁心中竊喜翹首以待。美國各大公司、餐館和娛樂場所，都有明文規定，凡年過五十五歲長者，可獲折扣優惠。為此之故，我心中暗定五十五歲為退休年齡，那時身體狀況尚未退化，行得、玩得、吃得，如果將這些充沛的「活力」用在退休樂事上，如林語堂先生所說：「忙他人之所閒」，才不浪費人生呢！若然到時身不由己仍要為稻粱謀，不能如期退出江湖的話，將退休延後幾年亦無妨，總之，以不超過六十歲為最理想的退休年齡。

　　退休後，將作何事？我不可能從一個職場跳進另一個職場。事實上，我和女兒們早已作好溝通，她們的老媽是不作孫子保母的。年輕時，養育女兒的擔驚受怕，讓我受盡心理折磨，還得每晚做「夜遊人」，遊走於幾張小床前，弄得夜夜無眠。如今人老了，好不容易熬出頭來，脫離奶瓶尿布生涯，這些苦差怎可歷史重演？我只剩下那丁點兒黃金歲月，豈甘再作「孫子牛」！

　　我不善應酬，更不願和陌生人長期共處。女兒是我至親，女婿也屬「半子」，但因成長背景差異，他的思想觀念和生活習慣與我不同，只好將他列入「陌生人」一類，大家保持距離為妙。因此之故，我和老伴是不會去依親的，寄人籬下的滋味可不好受；同樣地，我也不願有「新人類」加入我們的小天地，誰結婚了誰就得搬出去，免至日久生摩擦，把建立好的關係弄糟。對現代人來說，三代同堂並不是福氣，徒讓大家左右為難。至於空出來的房間，用途多多，書房、縫紉室、雜物房，更可佈置成客房，專為「有朋自遠方來」而設，不亦快哉！

　　我一向興趣廣泛，養貓、養魚、種花、聽歌、更愛閱讀和寫作。退休後，一天有十六小時供我揮霍，單是這些樂事就夠我消磨時間了。興致來時，我便把握時機，挑燈忙個通宵達旦，或又可遊手好閒無所事事，遊山玩水，靜觀草木細賞湖光。這種隨遇而安，忙忙閒閒的真趣，只有退休後才可以享受到。

　　都說人老了愛嘮叨，滿肚子的牢騷向兒女發洩，這是多麼勞累傷感情的事。要發謬論吐苦水，我選擇寫在稿紙上，如果有幸被老編「相中」，還可賺點稿費，貼補一下退休後的有限收入，而且多寫文章多用腦，可以預防老人癡呆症，一舉數得，何必和家人過不去，弄得雞犬不寧……。

原載 6/8/1998《世界日報》家園版

# 懷舊

　　自從三個女兒相繼離家後，我們倆老便成了空巢族，無牽無掛，多出的時間正好和朋友敘舊。這天與小學同學夫婦約了在餐廳見面，用過餐後，大家聊得興高彩烈之際，同學突然提議會帳，說要趕回家看連續劇，聚會就此草草收場，真掃興。

　　在回家路上，我不禁喟嘆，現代人愈來愈不得閒了，竟讓電視支配了作息時間。我想起另一位朋友，下班後忙著觀看連續劇，弄至深夜才就寢，稍睡幾小時便又起來上班，難怪她永遠一副睡眼惺忪的樣子。另一位家有四口的友人，家裡竟有四台電視機，吃飯時各自為政，捧著飯碗端坐電視機前，心無旁鶩地觀賞喜愛的節目，他們雖共居一屋簷下，卻被電視機纏得連交談的時間都騰不出來，偌大的居室，只有電視機在扮演著家庭發言人的角式。諸如此類的電視迷多如恆河沙數，他們被謔稱為「沙發馬鈴薯」，整天窩在沙發上四肢不動，身材當然像馬鈴薯啦。

　　在我小的時候，電視機是昂貴的奢侈品，只有富裕人家才買得起。我們家沒有電視機倒不是沒有好處，起碼不用被電視節目牽著鼻子走，吃飯時一家人圍坐餐桌前，邊吃邊談，母親的人生觀和待人處事準則，就這樣不知不覺地根植在我的心中。課餘，我們附近幾戶人家的孩子常聚在一起，或做功課，或玩遊戲，或聽廣播節目，因著幼時一起玩耍而培養出來的深厚感情，長大後雖各散東西，幾十年來依然保持聯繫，友情歷久彌堅。

　　彼時，電話並不普遍，有事找朋友，唯一的途徑是登門拜訪，雖費時間，朋友間接觸的機會卻多了。可自從家家戶戶都安裝了電話，大家見面的機會反而減少，有事再不需奔走相告，只消在電話上「你來我往」一番，面沒見著便把事情談妥了；若要聊天談心事，也不必像以前那樣約在某處見，只消撥個電話便可暢說無休。像我和瑩，住處近在咫尺，卻已有兩年多沒見面了，只以電話維繫友情，我不無感慨地說：「我們找個時間見見面吧，不然有天在街上踫到，恐怕認不出來呢！」

　　日新月異的高科技產品確為我們開創了史無前例的局面，尤其是有了電腦後，我們的日常生活與它息息相關，確實提供了更多的方便，但是也帶來了很多負面問題，愈來愈多的人感到孤獨和寂寞，不懂得和別人溝通和相處；而色情、賭博以及千可百怪的資訊，更循著各種各樣的傳播管道進入家庭，至今我們還沒有找到妥善的辦法，讓青少年和這些不良資訊絕緣。我非常懷念那些沒有電視、電話、電腦的日子，我們無所惑和無所困，人與人之間往來頻密，生活上多了關懷與互助。

原載 3/25/1999《世界日報》家園版

# 趕流行

　　近日進出店裡的小朋友，很多都是專程來買「搖搖」，另一些小孩則帶著「搖搖」進來，購物時一邊把玩著一邊瀏覽，一副樂陶陶的樣子。這股「搖搖熱」已持續了好幾個月，看著小朋友們揚威耀武地耍玩花式，連我這個年過半百的店員都感染到「搖搖」的熱度呢。

　　我們店裡的顧客，以墨裔和亞裔小孩子為主，多由父母陪同來。墨裔小朋友全心全意趕流行，臉上閃耀著喜悅和期盼，見到新奇的東西便愛不釋手，隨行的大人也不多問，甚至從旁慫恿著，任由他們狂買濫購，付過帳後便帶著歡天喜地的孩子離去。亞裔小顧客卻很少關注熱門玩意兒，臉上一副漠然的神情，買的多是紙筆文具，雖然他們也很想買些流行物品，卻因父母的勸阻，只好快快作罷。這兩類顧客的不同反應，大概是東西文化的差別吧。

　　美國的孩子自小便愛趕時髦，隨著一波又一波的潮流樂此不疲。記得幾年前那個塌鼻子滿頭亂髮的醜八怪「Troll」，把美國人迷得七葷八素，大人小孩子都瘋狂搶購。接下來是日本玩偶「Power Rangers」成了新寵，舉凡印著它們模樣兒的產品，都是熱賣的保證。後來迪士尼電影公司拍了幾部受歡迎的卡通片，如「白雪公主」、「阿拉丁神燈」、「小美人魚」、「美女與怪獸」等，那些可愛的卡通人物立即成為家傳戶曉的偶像，掀此一陣陣收集狂潮。現在呢，是「搖搖」大行其道。剛開文具禮品店時，看著小朋友們興致勃勃地購買熱門的東西，覺得他們太浪費和無聊，後來在這行業待久了，卻有了另一番感悟。

在我還是孩童的時候，時興的玩意兒不是沒有，只是那個年代物質匱乏，這些新奇玩意價格不菲，母親很少給我買。待上了中學，幾個要好的同學都是專心向學的人，不愛跟時興趕潮流。

我家三個女兒常好奇地問：「媽，你小時候有什麼好玩的東西？」我瞪目以對啞口無言，又問我最喜歡「披頭四」哪些歌？天曉得她們的老媽那時對搖滾樂嗤之以鼻，直至來了美國後才覺得「披頭四」的歌還滿好聽。至於屬於我們那個年代的迷你裙和粗跟鞋，在潮流末我才湊興穿過一下，只是那時已不怎樣流行了。回想起來，我好像不曾在那個時代生活過似的。

後來結婚有了孩子，教養孩子仍沿用那套不合時宜的「不趕流行」，三個女兒的童年就在玩家家酒、抱玩具熊、剪貼紙、砌積木中過去了。如今她們長大了，也如我一樣對時下的流行物品不感興趣，她們是純樸和節儉的，可我覺得她們缺少了趕流行的另類樂趣，是美中不足的事。

事實上，喜歡流行物品並不如我想像中那樣無聊，據我這些年來觀察，那些經常愛趕流行的孩子比較快樂和靈活。在課餘時，孩子需要找些活動來發洩一下過盛的精力，時興玩意是課餘消遣的一種。只是愛跟風的孩子，需要父母從旁指引和參與，給他們灌輸正確的觀念和自制能力，凡事應適可而止，別讓孩子過度盲目跟風，以致揮霍無度，耽溺其間而把學業荒廢了。

原載 2/23/1999《世界日報》家園版

# 聽盡人生百態

這天，店裡進來一位衣著時髦的女士，我忙不迭展開笑顏相迎，跟她打聲招呼：「嗨！」

說也奇怪，客人視而不見，聽而不聞，施施然踱至貨架前，隨手把弄著貨架上的禮品，嘴裡還唸唸有詞喃喃自語呢。我不禁提高警覺，一雙眼睛往她身上梭巡。哦，原來如此，她頭上套著耳機，正聚精會神和電話那頭的朋友聊天，怪不得對我相應不理了。我們店裡經常出現這樣的「不速之客」，他們並不一定來購物，只是在對著手機絮絮不休的當兒，信步走進來逛逛而已。

現時手提電話大行其道，若不隨身帶個手機，便跟不上時代似的。事實上，手機的價格和月費愈來愈低，只消每月花幾十塊錢，便可晉身成為手機族，何樂而不為呢，一機在手猶如添了隻順風耳，隨時隨地可以和親戚朋友對話交談，一呼即應，無遠弗屆，不亦樂乎！

苦的是我這個看店的人，鎮日在店裡汲汲營營幹活的時候，還要當顧客的「忠實聽眾」，聽他們對著手機侃侃而談，談心事、談人生、談生活；他們時而情話綿綿，時而怒氣沖沖，時而諜言諾語，又時而指桑罵槐，林林總總，千奇百怪的獨白，讓我聽盡人生百態。

別以為我愛管閒事，專門豎起耳朵竊聽別人的秘密。殊不知，聲音雖是無形無色，摸不著也看不見，可它卻無孔不入，凡在音波可及的範圍內，所向披靡，橫衝直撞敲打著我的耳膜，想不接收也不成。

　　不只在店裡，我在商場、超市、遊樂場、餐館等公共場所，常常有機會與這些喋喋不休的手機族不期而遇。有次在銀行隨著大夥兒排隊時，背後忽然傳來熟悉的鄉音，滿響亮的，劃破一室的靜謐，我回頭一瞥，原來隊伍中的一位男士，正旁若無人地向著手機大聲疾呼，話裡還夾雜著粗言穢語，聽了讓人臉紅，他大抵沒想到隔鄰有「知音」吧？可憐那十多個「外國人」，半句中國話也聽不懂，硬要接收這一連串不知所謂的噪音。

　　無可否認，手提電話為日常生活提供很多好處和方便，例如外出時，可以隨時與人聯絡，或者在遇到緊急事故時，手邊即時有電話應急。但是，在大庭廣眾的場合裡，請盡可能不要對它高談闊論，旁人是沒有義務當聽眾的。要和朋友聊天說心事，有什麼地方比家裡更理想？選個時間，沏杯好茶，撥通電話，然後閒適地窩在沙發裡，邊啜茗邊向朋友娓娓細訴，多麼優游自在喲，何苦來哉要扯上一大票人來當聽眾呢！

原載 4/7/2001《世界日報》家園版

# 熟不拘禮

　　每天早上，我開車到附近的公園，和一群愛好運動的人一起打六通拳。兩年下來，身體狀況明顯地比以前扎實矯健了，而且還結交了幾位談得來的朋友。

　　以運動開始一天的生活，實在是愜意和充實的，可是團體裡有一兩位專門開玩笑挖苦別人為樂的人。平時我對這樣的調侃戲謔，採取相應不理或一笑置之的態度，心想既然是為運動而來，對於這些喜歡在口頭上佔便宜的人，犯不著生氣，不過心裡還是備受困擾。

　　最近一次，她們的玩笑開得過火了，令人尷尬又難過。我決意以其人之道、還治其人之身，讓她們也嘗嘗被人挖苦的滋味，最後的結局當然是不歡而散。人就是這樣，「只許卅官放火，不許百姓點燈」。

　　自此以後，我再沒有去運動了，團裡的朋友說：「回來吧，反正公園是大眾的。」可是運動時心情不愉快，對身體有害無益。朋友不諳廣東話，聽不懂含沙射影的話多傷人。讓人費解的是，她們只揀「自己人」開刀，對於不講廣東話的外省人和外國人卻客氣得很，不知是否跟「外人」無法溝通，抑或是對「自己人」熟不拘禮呢？

　　在日常生活裡，我們何嘗不是這樣，常常犯了「熟不拘禮」的毛病，對朝夕相處的家人或相熟的朋友，說話毫無顧忌，橫衝直撞冒犯了別人而不自覺；最明顯的例子，莫過於夫妻之間，婚前說不盡情話綿綿，婚後卻判若兩人，說話不再溫柔熨貼了，甚至惡言相

向。人與人之間，不管怎樣親密和熟稔，要保持良好的關係，還是
必須以禮相待的。

原載 7/11/2001《世界日報》家園版

# 846

　　從超市出來，停車場壅塞得很，我開車跟著車龍緩緩前進，偶然一瞥，前面那輛車的車牌有點似曾相識，我默唸一遍：「××148」，不就是「××一世發」嗎？前面那位車主大概做著發財夢吧。

　　無獨有偶，我的車牌「KB846」─前面兩個字母是丈夫和我的英文名字的縮寫，而「846」的諧音是「發死嘍」，和「一世發」有異曲同工之妙。我的車牌是藍底黃字，看起來古色古香，有別於現時加卅使用的白底藍字鐵牌子。它是二十多年前，我向交通部申請的 Personal License Plate，每年須額外繳付三十多塊錢。由於是「私家車牌」，換新車時，我便請車行替我把它從舊車上拆卸下來，然後安裝在新車上，二十多年來，都是換車不換牌的。

　　這塊車牌和我當年從事的行業有關，那時我是房地產經紀人，每日與金錢糾纏不清：當賣方和買方為房價爭持不下時，最煩惱的是我，當完成交易，拿到佣金時，最快樂的是我……，如此耳濡目染，在錢的數字裡翻滾，能對金錢不動心嗎？可以說已到了財迷心竅的地步了。不久後我換了輛新車，便湊興像一些同事那樣，向交通部申請了這個「發死嘍」車牌。

　　說也奇怪，自從有了這塊「發死嘍」鐵牌子助陣，財神爺對我眷顧得很，業績節節上升，佣金自是滾滾而來。可惜的是，我付出的代價也相應提高，日日夜夜被房價佣金搞得心緒不寧，工作壓力愈來愈大，與家人相聚的時間卻愈來愈少，好多時候為了替客戶討價還價，晚上十一、二點我還在路上奔波。如此過了許多

年，弄至身心俱疲，我決定壯士斷腕不幹了，魚與熊掌，哪能兼得呢！

自此這塊鐵牌子一直跟隨著我，作為對過去那段「淘金歲月」的印記。轉行後，我掙的錢比以前少，卻身心舒泰生活安定，再也不敢做「發財夢」了。

人過中年後，人生觀漸漸轉道，生活簡樸，不爭名不逐利，一簞食、一瓢飲，便已心滿意足。「是非成敗轉頭空，青山依舊在，幾度夕陽紅」，正好為我的中年情懷作下詮釋。

不過，棲身滾滾紅塵的大千世界，我也不漠視金錢的實用價值。我冀望有足夠的金錢，為我們提供清茶淡飯、可以去旅行、上館子、逛書店買好書，還有，最好能夠早點退休，不用再為五斗米折腰。人，真是矛盾的動物，對錢既厭之，卻又不能無之。

只是，這樣卑微的小小願望，在這軟紅塵世，窮一生的努力，也不容易達到啊！

原載 6/17/2002《世界日報》家園版

# 得失之間

　　平時我甚少看電視，尤其不愛看連續劇，嫌它婆婆媽媽，又冗長又累贅。沒想到前陣子我一反常態，心甘情願做「沙發馬鈴薯」，每晚飯後必乖乖地向電視機報到。

　　話說那天我和老伴逛書店，無意中見到《紅樓夢》連續劇出售，老伴說：「既然你不曾讀過《紅樓夢》，不如買套劇集看看吧。」

　　買回劇集，最高興的是老伴，他向來愛讀章回小說，《紅樓夢》、《水滸傳》、《三國演義》……，常手不釋卷，不知讀過多少遍，如今《紅樓夢》既拍成劇集，當然想一睹為快了。

　　我則相反，向來怕讀長篇累牘的書，《紅樓夢》雖也翻過好幾次，可總是虎頭蛇尾，至今未曾一窺全豹。對我來說，這部鉅著委實艱深難讀，書中人多事繁，關係錯綜複雜，字裡行間又是囉哩囉嗦的家常閒話，往往讀了兩三頁，我不是心浮氣燥，便是昏昏欲睡，就算勉強打起精神苦撐下去，最後還是半途而廢。

　　這回陪老伴看連續劇，竟然看上癮，弄至每晚無劇不歡，欲罷不能。這套劇集製作認真，場景佈置富麗堂皇，人物裝扮典雅秀逸、演來恰如其分入木三分，兼且有老伴兒在旁「說書」，一會兒闡釋書的內容，一會兒比對戲的情節，讓我看得興味盎然，竟然不打瞌睡了。

　　後來我索性打開《紅樓夢》讀將起來，這回讀書暢快淋漓，連以前看不明白的地方，而今居然豁然貫通。我日間追小說，晚上看連續劇，不知不覺間，當我們觀賞完整套劇集後不久，我也大功告成把全書讀畢。

　　只是，此後每逢想起《紅樓夢》的大觀園、林黛玉、賈寶玉、薛寶釵等，腦際便不期然地浮現出劇中的場景和人物，揮之不去，讓我無從藉由書中維妙維肖的描述，來虛擬冥想曹雪芹筆下的繽紛世界和眾生相，那些崢嶸軒峻的廳殿樓閣，那些嬝娜風流的女子男子。沒有了天馬行空的想像空間，也就失去了讀書的妙趣呀！

　　我這樣投機取巧讀《紅樓夢》，不知是得還是失？

原載 11/18/2002《世界日報》家園版

# 與鄰為善

看了啄君寫的「鄰居的紛爭」，我想補充一點意見。

在美國住了三十多年，我們曾搬過幾次家，與不同族裔的人為鄰，所幸都能相處愉快，即使偶有誤會，亦經由溝通而將大事化小、小事化無的情況下順利解決，不曾有對薄公堂的事發生。美國是一個講求個人權益的國家，所謂個人權益，就是在注重自己利益的同時，也要尊重別人的權利。美國人民大都安分守己，自律性很強，在人不犯我、我不犯人的前提下，他們都很和氣有禮貌，見面不忘親切問好。一旦發生利益衝突，他們便講「理」不講「情」，訴諸法律。美國社會的和諧安定，端賴國民奉公守法，和相互尊重。

據啄君所述，和鄰居的紛爭是：「一方認為籬笆太破舊，需要維修或換新，而另一方卻認為還可以將就，為何要花錢？」看來，啄君和鄰君對修理圍牆的事各執己見。啄君認為：「籬笆或圍牆，必須保持在良好的情況，所謂良好情況，是指以不破壞房價為原則……，如果對方不願合作共同維持籬笆的良好情況，……，拿出照相機，把籬笆損壞的情形拍下來，之後你可以自行修理籬笆，然後要求對方付他應該付的部分金額，若對方不付費，便控告對方……。」啄君的做法，不但破壞了雙方的友好關係，而且這樣以單一方面衡量出來的價值觀，有點罔顧鄰人的權益與立場，就算啄君事先做好存證，仍有可能被鄰居反告侵犯產權，因為這道籬笆是屬於共同產業，必須雙方達到共識才可以進行修補或拆卸。

　　如果籬笆有危害安全或傾斜的情況出現，最佳辦法是找市政府人員作實地視察和提供解決辦法，總之，雙方必須達到共識，或由第三者（如市政府人員）議定方案，才可以修補。美國法律艱深難懂，光到圖書館或相關部門找資料是不夠的。

　　我曾有三次和籬笆打交道的經驗。約在十多年前，我們重建自家房子，當時兩旁的籬笆都很殘舊，而我們餘款不足，又不願意驚動鄰人要求分擔費用，籬笆就此保留下來。直至幾年前隔壁換了新主人，他們蓋建新屋時，順便把舊籬笆拆掉重建，鄰居並沒有要求我們分擔費用，反而請我們簽名同意才進行拆卸的工程。

　　四年前，我們重建另一座建築物，由於建地比左鄰較高，原來的護土牆有點岌岌可危，必須重建，我們不只沒有要求鄰居分擔費用，反要按照市政府規例，請鄰人簽署同意書，才可以拆牆，如果鄰人不簽名的話，新護土牆只能築在自己土地的範圍內。在築牆期間，我們加意照料芳鄰靠牆邊的花草，工程完成後，鄰居對我們更加友善了。

　　美國的確是個以「法」治國的國家，凡事講「理」，它也是一個有溫情的社會，遇到任何事情，秉持著以誠待人的態度，多為別人著想，透過溝通和合作，紛爭必然減到最少。

原載 1/29/1999《世界日報》家園版

# 討回公道

　　某日我上網找資料，無意中發現我最近發表的一篇文章在某網站登載，可是作者不是我，內容與我的完全一樣，發表日期卻晚了兩天，顯然這位某某移花接木把拙文據為己有了。雖然網路並不禁止轉載他人的作品，但轉載時應註明原作者和它的出處，以尊重別人的著作權。為了慎重起見，我查閱了該網站其他作品，竟然發現了十多篇「似曾相識的文章」，這些作品我曾在報上讀過，現在卻全以某某之名刊登，實在讓人費解。

　　我試圖與該網站聯絡，可是不得其門而入，後來找到「客服中心」欄，它說：「如果您發現本網站已轉載或摘編了您擁有著作權的作品，并對稿酬有疑議，請您發送電子郵件」。我立即給該網站發了封電郵，向他們表明我是該文的原創者，希望他們刪除。第二天我接到覆函，要求我提供相關網路連結。我立即提供文章的連接出處，並特別指出，拙作的刊登日期早了兩天。

　　不久後便收到回音，信上說，如果要刪除該篇文章，必須說明刪除理由，同時要在申請表上簽名，且還要提供身份證複印本。可我發表文章用的是筆名，身份證上的名字和筆名毫不相干，這不是強人所難嗎？再說，擺明是某某盜用了我的作品，登載日期就是最有力的證據。回信時我據實告之，並且列寫了上述那十多篇「似曾相識的文章」供參考。

　　如此你來我往了幾次，事情還是沒有進展，他們堅持要我提供身份證明，對我的要求卻置之不理。這樣沒完沒了地原地踏步，讓

我有理說不清，真想就此打退堂鼓，反正網路竊賊多如牛毛，連銀行帳戶都被大偷特偷，何況區區小文。如此心不甘情不願地過了兩三天，心中老是惦掛著這件未了之事，我決定再寫封懇切的信，大家好好溝通一下。

> 尊敬的客服中心：
>
> 　　現將某年某月某日刊登在「世界新聞網」的拙作貼上，證明本文比某某的早兩天刊登，也是證明剽竊文章的最有力證據。至於名字，因我寫作時用筆名，沒有任何證件可以證明。我向貴中心撿舉某某的不法行為，而且人贓並獲，既然已找到偷竊者，為什麼不向他求證，反而像審犯人一般為難「失主」，這樣的做法不是有欠公充嗎？難道無法證明本人身份，你們便袖手不理嗎？你們的任務是打擊網路的非法活動，懇請你們儘快與某某聯繫並採取行動！謝謝。

沒想到這封信竟然奏效了，兩天後收到回函，告知該文已被刪除。期間花了十天時間，「客服中心」從善如流秉公辦事，讓事情得以順利結束，我特致函感謝他們為我討回公道。當我再打開該網站時，發現它的版面作已了調整，左上角「冒牌作者」的名字不見了，那十多篇「似曾相識的文章」也換上原作者的名字。

原載 3/26/2010《世界日報》家園版

# 這本文集更好

　　看看日曆，今天是十月十八日，天氣漸漸轉涼了，在此同時《洛城作家文集》已經進入校對階段。據古冬會長估計，大概年底便可以付梓了，這意味著編輯小組幾個月來的緊密合作將告一段落，作為編輯小組的一員，我除感到高興外，尚有一絲悵惘。

　　誠如主編古冬會長所說，今年的編務進行得非常順利。這次協助編印工作的，是信譽與經驗俱佳的台灣秀威出版社，因是一條龍作業，免去很多不必要的麻煩。回顧去年在美國出版《文情心語》時，因找不到負責印行中文書籍的出版社，所有的出版事宜，從打字、排版、封面設計、印刷等等，都要找不同的專業人士來做，費時費事之至。記得古冬會長、我及外子張炯烈曾多次在蔡美英家，為排版及校對逗留至深夜，又為了印刷估價，幾個人跑遍了華人聚居的幾個城市，最後小郎姊找到「永恆印刷公司」，大家才鬆了口氣。

　　有趣的是，今年的編輯團隊，除「團長」古冬會長外，是青一色的娘子軍，廣東俗語有云：「三個女人一個墟」，何況四個！不過，請別替「團長」擔心，怕他招架不住，因為編輯小組直至現在仍未開過會碰過頭，所有事情都是採用網上作業，大家 e-mail 來 e-mail 去，便把煩瑣的編務搞定。不過，我衷心期盼，待功德完滿之時，「團長」會召集大家見個面，讓我們發揮一下「四個女人一個墟」的威力！

　　許是剛過完中秋節，每次讀完楊強大哥的〈流浪的月亮〉和陳森的〈今夜月色正濃〉，都讓我胸臆澎湃心情激盪；周勻之先生的

〈文化無國界〉，讓井底之蛙的我拓展視野；而尹浩鏐醫生撰寫的人物：〈上海世博會中國館總設計師何鏡堂〉，更是先睹為快，因上海世博會是個熱門話題，原來中國館的設計涵蓋傳統特色和時代精神，文中涉獵哲學、歷史學及建築學，深入淺出，讀來興味盎然。這本文集真是太棒了，篇篇都是精挑細選的作品！

因著校稿的原故，每篇文章我都仔細地讀了一遍又一遍。我引頸企盼，期待新書出爐之日，我將以讀者的心情從頭到尾再欣賞一次，相信更加賞心愉悅。

這本書真的很精彩，借用會長的話：

「請享用吧，朋友！」

原載《洛城作家文集》

# 錢的聯想

　　無可否認，這是個非錢不行的世界，衣食住行都得靠錢來解決。很多時候，錢似乎又是人對成就的一些依據，以為錢賺得愈多愈成功，於是人追求財富，炫耀財富，羨慕財富；又因錢財賺的多寡，而妄下斷語，認為錢賺得愈多的人愈愛財，反之不然。

　　其實，賺錢要靠很多因素，機緣和運氣，毅力和嘗試同樣重要，若無因緣際會的大環境，任你有通天本領，還是徒勞的，所謂「時勢造英雄」就道盡了內裡乾坤，而「生不逢時」就一籌莫展了。不管各行各業，打工的、做生意的，都不期然地向賺錢的途徑鑽，一生為錢營營役役。錢是人創造出來的，可是人卻做了錢的奴隸，豈不予盾？

　　人實不該讓錢羈絆了心靈。對錢處之泰然的人，在「得」的時候，不以之為大喜，「失」之又不以為大悲。在生活用度上，寬以待己及家人，對朋友適時疏財，不斤斤計較，且樂善好施，不以囤積金錢為人生最大目標，活得從容，活得自得，這樣才不致辜負了創造錢的原意，對錢不致走火入魔。

　　滾滾紅塵裡的眾生，錢除了供給錦衣玉食外，還帶來名望和權勢。利和名就像雞和雞蛋一樣，不知孰先孰後，有時名先來而利後至，有時又先利後名，反正「名成利就」，不分先後。利和權有如雙生兄弟，有財就有勢，錢還真能呼風喚雨，財還可通神呢！錢，所向披靡，更遑論世間凡夫俗子！

　　有錢就有禮，世間的一切禮儀，因錢應運而生，愈富饒的地方，繁文縟節愈多，一切的慶弔婚喪儀式，是非錢不行的，沒有錢，怎

能大宴小酌？宴會裡的肉可成林、酒可為池，都得靠錢堆砌成。「禮多人不怪」，「禮尚往來」是理所當然的事，沒有錢，豈不「失禮」。

「人為財死」，人間的糾紛，大都涉及金錢。兄弟為爭產失和，夫妻為錢反目，朋友因財失義，盜賊的殺人放火，不法之徒的偷呃拐騙，那一樣不是因錢而起？甚而電影裡的曲折離奇劇情，都是繞著錢打轉。

曾經看過一則這樣的笑話，某航空公司為了推銷頭等艙機票的廣告說：「如果您有資格而不坐頭等的話，您的繼承人有福了，他將代你享用」。廣東俗語有云「老豆賺錢仔享福」，父養子、子養子是千古不易的事實，而「兒孫自有兒孫福」，是人人皆懂的道理，可惜知易行難，能夠放得下的人如鳳毛麟角。

有錢，確實通行無阻，交朋友要錢，做事體面要錢，養兒育女要錢，找個安樂窩要錢。沒錢，「巧婦難為無米炊」、「貧賤夫妻百事哀」。人對錢，又愛又恨。

錢的魅力，無遠弗屆，「富在深山有遠親，窮在路邊無人問」，錦上添花的人，舉目可見，雪中送炭能有幾人？「先敬羅衣後敬人」，就是擺明把錢往身上貼，足見世態炎涼。

錢牽制了人的喜怒哀樂，錢更是情緒提升劑，中了樂透大獎的人，肯定大喜若狂手舞足蹈，損折了金錢，哪個不垂頭喪氣痛心疾首，只要到華爾街一行，便知我所說不差。

錢更是事業成功的標籤，「望子成龍」的父母，期望子女「名成利就」，光是學術有成而利不就，在父母眼中，還是有遺憾的，恐怕不算是「成龍」。

錢是自己賺來的好，自己賺的錢叫作「血汗錢」，別人的就不怎樣恭維了。自己開創生意，美其名謂之「事業心重」，別人努力經營的，只能算作「財迷心竅」。同樣是錢，親疏有別。

　　據說，人愈老愈愛錢，「親生子不如近身錢」，沒錢的老人，要找個孝子賢孫還真不容易。美國老人深明此理，甚麼都不親，唯獨社安局每月寄來的養老金最親，子孫可以不見，養老金的定期省親至為重要。

　　人的一生和錢難分難解，我這篇「錢的聯想」雖無新意，卻是古往今來，人對錢的各種面臉孔。不信？單看我古辭今語引錄之多，便可知一二！

原載 2/23/1998《世界日報》家園版

# 附錄　張炯烈先生散文

# 食物恐懼症

　　年齒漸長，健康路上難免時亮紅燈，終於醒悟時不我予。青壯時代大飲大食的豪情壯志，不復存在，更由於提醒人們注重健康的資訊舖天蓋地而來，不由得不開始研究養生健康之道。養生首要的課題便是飲食，而所謂健康的食物，一定是少油、少鹽、少糖、不煎、不炒、不炸。沒有調味料的東西，大腦食慾神經一定不會興奮，對在「民以食為天」社會長大的我，吃慣大魚大肉的胃，無疑是一種殘酷的折磨。然生逢盛世，既不需為國為民鞠躬盡瘁，貪生怕死便也無可厚非，為了昂昂六尺身軀不要太早回歸大自然，對太太擬定的每周健康食譜，也只好心不甘情不願的同意了。

　　早餐是營養學家公認一天中最重要的一餐，要吃得像皇帝一樣豐富。從前早餐桌上的火腿、雞蛋、香腸、和培根，在我的新食譜中自是消聲匿跡，替代的是全麥麵包、麥饅頭、燕麥和水果。雞蛋本是我的最愛，煎蛋、炒蛋那種色香味俱全的賣相，不用放進口裡也會垂涎三尺，可惜的是，所有的資訊都在告誡我們：「吃蛋就會完蛋。」這個論調直到最近才獲得平反，我才得以重嚐蛋味。

　　既無什麼可吃，唯有食進大量的碳水化合物。去年聖誕節，女兒送來一本現在美國很流行的 Dr. Atkin 的減肥理論書，他建議我們只能進食極少量的碳水化合物，因為它是高血糖、高血壓的完凶。如果遵從他的指示，那麼早餐吃的饅頭麵包等豈非有礙健康？

　　午、晚餐講究食物營養均衡，每周食譜中兩三次的豬肉、牛排，數餐的雞肉和數餐的鮮魚，本來稍可滿足我的口腹之慾，惜乎狂牛

病的爆發，加上紅肉會增加直腸癌風險的資訊，打碎了我大啖牛排的美夢；全世界無處不在的禽流感，令餐桌上那碟油亮的白斬雞變得怵目驚心。醫師們都說，魚類海鮮最好了，既含豐富的蛋白質，又有什麼「Omega3」之類有益心臟和血管的物質，惜乎當我在燭光下享受著鮭魚的美味時，獲知「人工飼養的鮭魚會致癌、魚類都被化學劑污染」的新聞報導，又令我食不下嚥了。

上天既有好生之德，不欲人間屠宰太多背脊朝天的生靈，我就改吃素食吧。千百年來，多少和尚尼姑都是每天啃銀芽白菜，不也活得壽與天齊嗎？開始吃素後，雖然青口水長流，頗覺神足氣爽渾身舒泰。然那天走進超級市場，正流連於可愛的嫩瓜綠菜間，突見一幅大告示提醒顧客，所有瓜菜均含農藥化學劑，食用可能致癌云云。這一記當頭棒喝，直打得我天旋地轉，原來所有食物，均會污染內臟，豈非啥都不能吃，至此我想我是患上食物恐懼症了！

現代科學發達、醫學昌明，太多的醫學研究報告，加上排山倒海而來的健康資訊，令我們無所適從。我想起一句老話：「盡信書不如無書」，還是讓我們來研究一下長壽人士的長壽秘訣吧。幾位近親都年過九十，是公認從不遵守現代健康守則的人，既吃香喝辣，也不積極運動，可他們九十大壽的時候，個個龍精虎猛。究其原因，他們都是「三忘」人士──忘憂、忘我、忘年。他們心境樂觀開朗，無憂無慮，既不憂時傷世，也不過問兒孫事情，與世無爭自得其樂；他們也忘卻自己，不計較得失，對什麼人和事都寬容包涵，且樂於助人；他們更忘卻年齡，自認比誰都年輕。常和後輩們打成一片，都是人緣極好的老人家。可見注重飲食並非唯一的長壽之道，他們的長壽秘訣，讓我找到了醫治食物恐懼症的良方，那就是人生在世，何必太在意膽固醇、血壓、血糖、血脂這些勞什子數字。其實身體需要各種各樣的營養，什麼都吃，才是真正的健康之道。

　　心存感激上蒼賜與我們的每一天，欣賞藍天上的朵朵白雲，淡泊世間名利，保持樂觀的心理平衡，常以歡笑面對世界，到壽終之時，正寢可也，十八年後又是一條好漢，豈不快哉！

原載 3/10/2004《世界日報》家園版

# e-Bay 生涯

　　浮沉在美國的零售業裡三十多年，可謂久經沙場，三年前因幾何級數般上漲的租金，迫得結束營業退出商場，隱居蝸室。百無聊賴之際，一位經營進口服飾批發的朋友，送來一批倉底貨，請我替他銷售。

　　厭倦於大商場業主的貪得無厭，不想再去開店了，心想在這個高科技時代，愈來愈多的人都在網路上購物，我何不趁熱打鐵，來個網上賣物呢。但我對電腦一竅不通，是個標準的電腦盲，松鼠、田鼠、老鼠見得多了，唯獨「滑鼠」卻從未摸過。我一直慶幸這輩子無需與電腦打交道，雙目清靜，悠哉遊哉過我的閑日子，若要上網做生意，豈不是要臨老學吹打？然三個女兒得知消息後，卻非常熱心，給我送來一台電腦，一部印機，外加一本為蠢材而設的電腦入門（Computer For Dummy），將我這個電腦白痴老爹武裝起來，披掛上陣。

　　常言道「長江後浪推前浪」，我這老爸，平時都是擺起「我食鹽多過你食飯」的架子來教訓女兒們，現在面對這部電腦，卻是老鼠拉龜不知從何入手，唯有放下身段虛心向女兒請教。經過一個月的不恥下問，終於揭開電腦的神祕面紗，其實電腦並沒有我想像中那麼高深莫測，我學會了基本的操作後，便急不及待在 e-Bay 網站登記成為會員，並開設了一個賣物帳戶，擇了個黃道吉日，正式開始我的網路賣物生涯。

　　e-Bay 原本是個車庫拍賣網站，發展至今，待價而沽的貨品，從古董到最新科技產品，可說是包羅萬有，無遠弗屆行銷全世界。

它每天的交易量至少有五百萬宗，是網路買賣的龍頭大哥，只要在該網站輸入一兩個關鍵字，一萬幾千件相關的貨品便呈現眼前任君選擇，且圖文並茂，讓人目不暇給。百貨公司要價一百元的東西，在 e-Bay 大約只要付四分之一的價錢便可以成交。不必出門，不須提貨，安坐家中，推著「滑鼠」滑來滑去，價廉物美的東西便寄到家中。在 e-Bay 購物實在比逛公司樂趣多，這就是 e-Bay 愈來愈興旺和令人著迷的地方。

可是在 e-Bay 賣物，卻比買物複雜多了，因為顧客看不到摸不著真實的貨品，就以我販賣衣服來說吧，不只需要把該件衣服的顏色、質料、款式以及各部位的尺寸一一詳列描述，還要加上不同角度拍攝的亮麗照片，和吸引買家的誘人廣告字眼。而布料質地、花紋顏色，至少有一百幾十種，它們的英文名稱，以我的英文程度，搜索枯腸也窮於應付。

第一批衣服總算上了網，每件貨品的底價以紅色數字標示，並有七天時間供顧客競投，若有人投標，那件商品的價錢便轉為綠色，也就是說該商品有買主青睞了。每天看著客人在網上爭相競投自己的貨品，真是一種很喜悅的享受。此時，電子郵箱經常有幾十封電郵，都是客人詢問有關貨品的問題，諸如衣服長短啦、色澤和圖案啦、交貨日期啦、能否寄往某地啦……，更有些稀奇古怪的問題讓人摸不著頭腦。每個問題我都必須慎重答覆，因為提問者有可能成為買家。七天過去了，通常在第七天最後一秒鐘出價的人「贏得美貨歸」，真是商場如情場！一幕商品爭奪戰便告完滿結束，待顧客付清貨款，我便趕緊把貨物寄上。至於尚無人問津的商品，便重新開始為期七天的拍買流程。

Feed Back 在 e-Bay 裡擔任著監督買賣雙方誠信行為的角色，每次交易完畢，買家和賣家都可在此系統留下自己的意見。一個正

面評價便加一分，而負面評價則減一分，並以百分比率和不同顏色的五角星標示在會員帳戶下。當 Feed Back 的分數累積到五百或一千時，e-Bay 就送上不同顏色獎狀，讚賞你的成功和感謝你對 e-Bay 公司的貢獻和支持。兩年多來，我名下已累積了兩千多過正面評價，顧客給我的讚譽如：「最誠實的賣家」、「閃電快速寄貨」、「一流的服務」、「A+++++++++++」等等，常令我開懷大樂。它證明了我奉行數十年的為商之道：「貨品好、價錢好、服務好」，是放諸四海而皆準的成功理念。

在網上做買賣，雖然離不開銅臭，但時時都有感人事件上演，例如不久前一位買了幾件嬰兒衫的阿拉斯加買家，來函多謝我，說我寄出的衣服，及時趕在她的小寶寶出生的前一天到達，信裡充滿喜悅與感謝之詞；另一位住在北卡的顧客，把她女兒在學校晚會表演的照片寄來，她女兒身上穿著的，正是我賣給她的那件粉紅色晚禮服，漂亮極了。更有一位賭城男顧客，每月必買一兩件上衣，我在聖誕節時隨貨送上禮物一份，他來函致謝，並邀請我往賭城一聚。這樣的例子不勝枚舉，令我深感世界上溫情無處不在。

e-Bay 既然是世界性網站，我亦成了「國際貿易」的一員，顧客除了北美洲，還遍佈歐洲、澳洲、亞洲和南美洲，大家不時用不大靈光的英語通信，雖不至於詞不達意，但不同的語系夾集在英文裡，常夾纏不清鬧笑話，尤其是南美洲西語系顧客，寫來的信常常英文和西班牙語並用，令人費神忖測。我這才發現，自己的爛英文，原來比很多人都強呢！

「一樣米養百樣人」，顧客中不乏蠻不講理之輩，讓人不勝其煩。有位第一次上網購物的顧客，收到貨物後千方百計找麻煩，不由分說便送我一個負面評價，把我氣得整晚睡不著；一些「長人高妹」更常退貨，理由是袖子太短了，其實每件貨品我都列明詳細尺

碼，他們視而不見，硬是推卸責任；也有人訂下貨品卻不肯付款；
更糟的是那些偷用別人帳號買貨的騙徒，讓我空歡喜一場，有時還
賠了衣服兼損失運費。遇到任何狀況，我都秉著心平氣和，小心翼
翼與對方溝通，尋求大家可以接受的解決之道。總之，生活在這個
「顧客永遠是對的」國度裡，夫復何言！

　　總的來說，e-Bay 生涯給我的退休生活帶來無窮樂趣，更得益
良多，我因此而學會了電腦，英文進步了，生活充實了，且在網路
上相識滿天下。我賺的雖然是蠅頭小利，只夠吃頓特價午餐，但我
卻自以為仍在馳騁商場，這種感覺真好！

原載 2007 年《洛城作家》第 17 期

# 精氣神

　　中華武術博大精深，主要的拳種分為外家拳與內家拳。外家拳以少林拳為其代表，它以胸式呼吸運氣練拳。內家拳以太極、八卦、形意拳為代表，由於它結合腹式深呼吸來練功，故稱為內家拳，所謂「外練筋骨皮，內練一口氣」，就是內家拳的最佳寫照。

　　現代人研習武術，多以養生延年為主要目標，所以非常推崇太極，學生非太極拳不學，老師非太極拳不教。可惜的是，在世界速食文化的影響下，人人都追求速成，而忽略了內家拳術練氣養神的精髓。很多人打了幾年太極拳，總覺得沒有什麼好處，究其原因，乃是因為不明瞭內家拳術和養生延年之間的關係。

　　內家拳術的歷代先賢們，從長期的鍛練實踐中，領悟到人體結構和運作的奧祕，進而結合幾千年的中醫醫學理論，提出了「意與氣合、氣與力合」的概念，使拳術的運動和人體氣血的運行相輔相成，達到養生延年的效果。

　　而此一概念乃由於先賢們深信，每一個生命，與生俱來都有三種能力，那就是適應力、免疫力和癒合力。

　　「適應力」是人體在任何環境下，都能自動調適以求生存，例如人體會根據氣候變化而調整身體運作，炎熱時毛孔會擴張，以便排熱和排汗，寒冷時則收縮毛孔來維持體溫；而生長在北方苦寒地帶的人，身上的脂肪層較溫帶的人厚。「免疫力」則是身體遭遇病毒入侵時，會產生自然的抵抗能力，體內立即生產大量白血球，以便把病毒消滅掉；其實很多疾病，無需依賴醫生和藥物，因著自身強健的體魄

而能不藥而癒的。至於「癒合力」，更是人體的一種神奇本能，器官或皮肉受了傷，身體內有一種自我修補的功能，例如：人受傷痛極時會昏迷，其實就是人體通過休息來達到復原的步驟；傷口流血，血液中的血小板立即發揮止血的功能；患上傷風感冒，只要睡上幾天便會康復過來。所以人體本身就是最好的醫生，仙丹妙藥全都在身體裡。

可惜的是，現代人由於飲食素質愈來愈差，於是營養失衡；而食物、空氣和水質的污染，讓各種各樣的毒素囤積體內，加上生活上各種壓力，以及缺乏運動、睡眠不足等因素影響，破壞了人體的自然治癒能力和免疫力，嚴重戕害了身體的健康，這就是現代各種慢性疾病產生的原因。

改善之道，簡單地說，就是把上述諸種因素糾正過來，飲食要均衡，睡眠要充足，心情要保持愉快，而更重要的是，要不間斷地鍛鍊身體，所謂「生命源於運動、健康貴乎鍛鍊」者也。

總的來說，真正的養生之道，就是要增強本身的三種先天本能，以提高體內的「精氣神」，亦即人身之三寶。

「精」乃先天腎臟、結合後天水穀所化成的物質，是人體各種功能的基礎。「精」藏於腎，腎為生命之源，腎虛則腰痠背痛，腎強則精固，人便充滿活力。

「氣」是五臟六腑組織一切生理功能的原動力。「氣」為血之帥，氣行則血行。人一旦斷了氣，即是生命的終結。練氣能使人體十二經絡、奇經八脈、任督二脈暢通無阻，從而促進新陳代謝，增加肺葉的活動量，讓大量氧氣隨血液運行至每個細胞，人就會達到氣足神元的境界。

「神」則是人體生命活動的總稱，包括人的精神意識和思維活動。「神」來自先天，加上後天食物的滋養和補充。由於「神」不能脫離人的形體而單獨存在，所以「得神者昌、失神者亡」。

　　內家拳術崇尚呼吸自然，不尚拙力，在意識的指導下，養氣凝神，把意、氣、力、密切的結合起來，通過長期的內氣及筋骨的鍛鍊，使人體內的「精氣神」充沛，而達到血氣流暢、筋骨柔軟，五臟六腑也因內氣的不斷按摩而強壯。更由於練意來養神，使紊亂的大腦得以休息，調整了神經的活動功能，在大腦皮層建立良性興奮灶，壓制病理興奮灶，使紊亂緊張的大腦恢復正常，把身體的陰陽失衡狀況重新調整，達到「精神內守，病安從來」的目的。

　　人體是一部複雜的機器，它的正常運作，依賴各器官和精神意識的協調。積極的鍛鍊身體，尤其是通過長期內家拳的內氣訓練，一定能增強我們體內的「精氣神」，使真氣充沛全身而發揮固本培元的作用。氣足則神元、神元則力強、力強則周身舒泰，人體裡的三種本能──適應力、免疫力、癒合力就會相應提高，我們追求養生延年的目標就達成了。

　　　　　　原載 2009 年北美洛杉磯華文作家協會散文選《文情心語》

# 新聞狂想曲

　　幾十年來，早餐食物隨年代的變遷而不斷地變化，從港式飲茶時代的一盅兩件，演變到美式生活的咖啡火腿煎蛋，再變成為了保命而吃的綠茶麥片饅頭，而唯一從未改變的是，我們稱之為精神食糧的報紙。正版新聞是我的最愛，所有世界大事、地方新聞、天災人禍等等，無不細細研讀，唯有這樣，上班時方有話題和同事們大聊特聊，不然一班大男人，手拿 DONUT 跟咖啡，有什麼可打發漫漫長日？

　　新聞者，新發生之不尋常事也，不尋常即意味事件脫離生活常軌，像戰爭爆發、恐怖襲擊、股市狂跌、山頭大火、河流泛濫、大地震、大風雪、校園槍殺、幫派火拚、謀殺、強暴、行劫、欺詐等等，所有新聞無不令人心情沉重，實在是壞消息比好息消多，難怪英諺說：「NO NEWS IS GOOD NEWS」。

　　新聞看得多了，自然就會「先天下之憂而憂」，養生秘訣常常告誡我們，不要有太多壓力、不要有太多憂愁、要保持心態樂觀。然而每天看到那麼多不開心的新聞，試問誰可以笑口常開？實在是把我們的「寶貝心肝」傷透了。

　　退休後，寄情於遊山玩水，經常好長一段日子不問世事，竟發覺沒有新聞騷擾的日子，過得好寫意，不聞天下事的時候，做人輕鬆多了。那次遊罷十五天遊輪歸來，讀完十幾天的報紙，看了一輪電視新聞，外加兩本雜誌，倦極不覺進入夢鄉，來到一個天府之國，那裡的人也是我們這些自認為萬物之靈的人類，不過他們的人性

195

裡沒有自私、貪婪、奸詐和狂妄，族裔之間和平共處相親相愛，沒有仇殺，沒有戰爭；人人豐衣足食、安居樂業，更夜不閉戶、路不拾遺。

那裡也有電視和報紙，只是他們的頭條新聞，都是世界各國總統元首，安坐在聯合國頂樓，手持紅酒在大談天氣哈哈哈，警察局長和黑道大哥在練靶場比賽槍法，法官們在法院大堂大跳探戈。地方新聞則是一班僑領名流的玉照，或某某社團的大團契活動和就職典禮，挺胸凸肚的理監事們擺出一副飄飄然的 POSE，名流教授們口沫橫飛的演說辭，或一群群搔首弄姿的俊男美女粉墨登場。斯時也，記者大哥大姊們不必跑斷雙腿，只需優哉游哉坐在記者貴賓席上，大啖魚翅酒席，工餘之時，仍精力無限，能寫出一套套長篇連續劇、一部部飛天遁地的武俠小說。身為記者置身如此境界，不亦樂乎？

然狂想不過是幻覺，夢醒之後，發覺我們這些萬物之靈，不大願意過這樣的日子，卻特別酷愛刺激，即使看場電影，也必須有血肉橫飛的鏡頭才覺得值回票價。想當年阿 Q 被押赴刑場的時候，魯迅先生這樣描述：「兩旁是許多張著嘴的看客……，而城裡的人多半不滿足，以為槍斃並無殺頭這般好看，覺得遊行了那麼久的街，竟沒有唱一句戲，他們白跟一趟了。」為了滿足人類幸災樂禍的心態，現在的報紙越來越厚，電視新聞更是二十四小時播不完，內容愈血腥愈刺激愈吸引人。

而新聞的題目，更唯恐不夠標奇立異，其實新聞的內容，除了幾件驚天動地的大事外，其餘的都是毫無新聞價值可言，諸如名人的緋聞、政客的口水戰、富豪買飛機遊艇、貴婦買鑽戒皮裘、女明星搞婚外情、男明星劈腿……等等，毫無意義卻讓普羅大眾過足癮，對新聞人物又羨慕又崇拜。現代的新聞工作者，更不得不絞盡

腦汁，創造出驚世駭俗的詞彙，來達到嘩眾取寵的目的。近來報章上常常出現一些莫明其妙的語言，什麼「最牛的××、最夯的××、最雷的××」；不愛應酬的男士卻被冠上「宅男」，好好一個女子硬要叫她「熟女」，白領精英麗人稱之為「白骨精」；好看就叫「吸睛」、追女孩子則叫「泡MM」、興奮時是「HIGH」，再加上什麼「劈腿」、「PK」、「轟趴」……，諸如此類的「外星文」，搞得人頭昏腦脹。

更有甚者，同樣的消息由於政治觀點的兩極化，在不同派系的御用文人筆下，變得南轅北轍。在現今這個世代，內容真與假都不重要了，正是「假作真時真亦假」，因為做記者的，懶得花時間去查證，而作為聽眾、觀眾、讀者的我們，更懶得去動腦筋，總之，舉凡是廣播電台、電視和報紙發佈出來的新聞消息，我們都照單全收，正如到餐館用餐，廚師煮什麼，我們便吃什麼，誰會去考究裡面放了什麼調味料，反正盤子裡的是色香味俱全的菜餚，總之吃得香甜就好。這些超級新聞垃圾，仍然時時刻刻在大唱「我在你左右」。除非有一天，哪個瘋子按下了核子彈的發射紐，把全人類摧毀了，再由萬能的上帝，創造出一個全新的人類，沒有自私、貪婪和狂妄，或許那時的新世界，就會像我夢中的天府之國。

當然，新聞界裡有很多敬業的人，捱更抵夜竭誠地為大眾服務，秉持公正道德與良心來報導新聞，他們不畏強權，敢於把貪官污吏揪出來，更不懼砸了自己飯碗來為民請命，這樣的新聞工作者才真正值得我們尊敬。希望那些唯利是圖，滿腦子黃色思想的文化界大佬，不寫那麼多無聊的八卦新聞，不登那麼多纖毫畢現的寫真藝術照，而忠實地報導各類新聞時事，則讀者們有福了。不過話說回來，這樣的報紙電視新聞，還會有人看嗎？

*原載《洛城作家文集》*

# 良民難為

　　在美國討生活，難免時時要和警察打交道。我第一次領教美國警察的處事作風，是大女兒出生的那個下午。當天，我正在餐館裡忙得頭頂冒煙之際，太太來電說孩子快要出世了，要我趕緊回家送她進醫院。放下工作，我立即開車衝上高速公路，那時心情既興奮又緊張，踩油門的腳不自覺地加重了，一心只想早點到家。不知何時，倒後鏡裡突然出現了一位騎摩托車的警察，正閃亮著那耀眼的紅燈。我低頭一望錶板，糟糕！七十哩的車速，超速駕駛的規是犯了，看來接告票是無可避免的事。

　　當時我心存僥倖，據實告訴警官，我急需送太太進產房，而且僅超速五哩，懇請他可否網開一面？想不到他慢條斯理的說：「是嗎？這樣的故事，我每天都聽到好幾遍。」然後慢吞吞的花了二十分鐘，寫那張不到二十個字的告票。那時的我心急如焚，偏偏遇到慢郎中！當然我不期望能像電視連續劇的情節那樣，遇上一位好心警察，義不容辭在前面開路，護送產婦進醫院，然後孩子出世了，皆大歡喜收場。我只是想快些到家而已。一個像我這樣循規蹈矩的小市民，一點失誤就接到告票，而那些整天在高速公路上橫衝直撞，時速超過一百哩的飛車黨，卻總不見有警察去追他們。

　　經營餐館二十年來，曾遇過好幾次被歹徒搶劫，每次被劫後報警，總要等好長的時間，才見有警察來到，最離譜的一次，劫匪逃之夭夭差不多半小時了，才見幾輛警車遠遠的停在外面，用擴音器向我詢問店裡的情況，其實那時店裡只有我們這幾個驚魂甫定、槍口餘生

的夥伴。後來一位同業告訴我，原來警察老爺們為了避免與歹徒火拚，通常要等劫匪不見蹤影後才到來。真耶？假耶？姑且信之。

後來，我改行經營禮品店。有次兩個老墨強行搶了幾件名貴物品。警察的確來了，不去追賊卻慢條斯理地向我錄取口供，臨走前還向我訓話，說貴重的東西不可以放在近門口處，以免引人犯罪，言下之意，好像犯法的是我，而不是劫匪，天曉得小店地方有限，難道把貨品都放進保險櫃不成！？

小賊順手牽羊是零售業最頭痛的事，市政府時常派警官到來，與商家討論如何有效地制裁這些犯罪行為。我向警官請教，若抓到小偷，需要損失多少財物才可以將竊賊繩之以法？他斬釘截鐵的說：「即使損失一毛錢，也可以報案。」

言猶在耳，隔天我抓到一個十六、七歲的小偷，她偷了店裡幾近五十元的禮品。我立即召來警察，他們居然和那位少女談笑風生，然後叫我別追究了，還說要落案和上法庭的手續很麻煩，反正東西已經原璧歸趙，沒有什麼損失。這是什麼歪論？不過警察大人「振振有辭」，身為小市民的我，只好退而要求替小偷拍照存檔，以免她再來店裡偷東西。對「小偷仁慈，就是對店主殘忍」，這樣簡單的道理，身為執法人員怎麼不懂！

每輛警車的車身上都寫著「保護人群、服務人群」的標語，我絕對相信大多數穿著威武制服的警察都奉行「為人民服務」的崇高宗旨，冒著生命危險與罪犯周旋。但是一些執法者的行事作風，卻令我們這些循規蹈矩的良好市民覺得，法律不是為保護良民而設，反而讓作奸犯科者得以逍遙法外。經過這許多次的經驗教訓，讓我不無疑惑，以後再遇到這類事情，我還要不要給警局打電話？

原載 27/3/2008《世界日報》家園

# 跋　美好的人生畫面

　　大約四、五年前，在北美洛杉磯華文作協舉辦的會員書展上初次識岑霞。她笑容可掬地詢問我的作品以及一些創作心得，那時我以為她大約是寫作的新人。之後我們僅限於在作協活動中見面，但短暫的交談中，我得知她早在上世紀九十年代已有作品發表，卻仍虛心求教，由此我體認到她為人的謙虛。

　　二〇〇九年，由於共同編輯作協二十週年紀念文集的機緣，才發現原來我們竟住得那麼近，因而我倆在編審校對、稿件傳遞等方面的工作聯繫最多。有時我和她約在我們住處之間的一家麥當勞碰面，一邊啜飲咖啡，一邊進行煩瑣的編務，看她在文稿上所作的眉批，我發現她處事的敬業。

　　當工作告一段落，在咖啡馨香中，我們有了比較深入的交流。她一貫笑容可掬、溫言款語地娓娓敘說有關她的父母、家庭、事業、子女，聽來她口中「人在美國」的生活是一帆風順、水波不興的。

　　今年初，岑霞告訴我她準備出書了，並把整理完成的作品集讓我過目，這時我才經由那字裡行間進入她的內心世界。她的文字恰似她的為人，坦誠而親切，毫不做作，也不刻意雕琢，讀來平易近人。原來看似平靜無波的生活，其實也經歷過艱辛的奮鬥與迂迴的轉折。從百餘年前，她的高祖父來美討生活，必須改名換姓的那份無奈；到六〇年代她自己隨母移民來美，婚後為家計奔忙，週末也無法帶女兒出去的那份歉疚，岑霞在文字中表達得絲絲入扣。

　　所幸在為生活打拚、養育三個女兒的過程中，她的另一半始終無怨無悔地與她並肩同行。她在書中把另一半比喻為生命的男主角，可以感受到口氣中的那份驕傲與疼愛。我想作協文友或他們的親友也都有目共睹，炯烈兄絕對夠資格當選最佳男主角。他的名字中雖有個「烈」字，但待人卻極為平和週到，總是默默地陪伴在岑霞身邊，像個最盡責的護花使者。記得岑霞曾親口告訴過我，他從未對她說過一句重話。

　　不說重話看來容易，要能長期作到可就不簡單了。相信除了個人修養外，他們也一定幸運取得了開啟幸福婚姻的鑰匙。本書中關於家庭生活的篇章，相信足以提供幾劑良方，讓讀者們借鏡去打造一只同樣的鎖鑰。

　　書裡同時搜集了炯烈兄的幾則短文。他的「e-Bay生涯」讓人會心而笑，「誠實的賣家，一流的服務」是他的國際貿易事業蒸蒸日上的主因。也正是這樣的人生哲學，使他們的生活充滿奉獻的樂趣。在人生戰場上功成身退後，終於達到可以攜手看夕陽的收成時節了。

　　恭喜這本堪稱同心書的結集出版，在岑霞描繪的這幅美好人生畫面中，相信所有讀者都會得到一段輕快愉悅的閱讀時光。

　　　　　　　　北美洛杉磯華文作家協會創會會長　　蓬丹

左起莊維敏、蓬丹、岑霞。

語言文學類　PG0467

# 人在美國
## ──Welcome to America

作　　者 / 岑　霞
責任編輯 / 林泰宏
圖文排版 / 鄭伊庭
封面設計 / 陳佩蓉

發 行 人 / 宋政坤
法律顧問 / 毛國樑　律師
印製出版 / 秀威資訊科技股份有限公司
　　　　　114 台北市內湖區瑞光路 76 巷 65 號 1 樓
　　　　　電話：+886-2-2796-3638　傳真：+886-2-2796-1377
　　　　　http://www.showwe.com.tw
劃撥帳號 / 19563868　戶名：秀威資訊科技股份有限公司
　　　　　讀者服務信箱：service@showwe.com.tw
展售門市 / 國家書店（松江門市）
　　　　　104 台北市中山區松江路 209 號 1 樓
　　　　　電話：+886-2-2518-0207　傳真：+886-2-2518-0778
網路訂購 / 秀威網路書店：http://www.bodbooks.tw
　　　　　國家網路書店：http://www.govbooks.com.tw
圖書經銷 / 紅螞蟻圖書有限公司
　　　　　114 台北市內湖區舊宗路二段 121 巷 28、32 號 4 樓
　　　　　電話：+886-2-2795-3656　傳真：+886-2-2795-4100

2010 年 12 月 BOD 一版
定價：250 元

國家圖書館出版品預行編目

人在美國 / 岑霞著. -- 一版. -- 臺北市：秀威資訊科技,
 2010.12
　　面；　公分. -- (語言文學類；PG0467)
 BOD 版
 ISBN 978-986-221-663-7(平裝)


855                                    99021051

# 讀者回函卡

感謝您購買本書，為提升服務品質，請填妥以下資料，將讀者回函卡直接寄回或傳真本公司，收到您的寶貴意見後，我們會收藏記錄及檢討，謝謝！如您需要了解本公司最新出版書目、購書優惠或企劃活動，歡迎您上網查詢或下載相關資料：http:// www.showwe.com.tw

您購買的書名：_____

出生日期：_____年_____月_____日

學歷：□高中 (含) 以下　　□大專　　□研究所 (含) 以上

職業：□製造業　□金融業　□資訊業　□軍警　□傳播業　□自由業
　　　□服務業　□公務員　□教職　　□學生　□家管　□其它_____

購書地點：□網路書店　□實體書店　□書展　□郵購　□贈閱　□其他

您從何得知本書的消息？

　□網路書店　□實體書店　□網路搜尋　□電子報　□書訊　□雜誌
　□傳播媒體　□親友推薦　□網站推薦　□部落格　□其他_____

您對本書的評價：(請填代號　1.非常滿意　2.滿意　3.尚可　4.再改進)

　封面設計____　版面編排____　內容____　文／譯筆____　價格____

讀完書後您覺得：

　□很有收穫　□有收穫　□收穫不多　□沒收穫

對我們的建議：_____

_____

_____

_____

11466
台北市內湖區瑞光路 76 巷 65 號 1 樓

**秀威資訊科技股份有限公司**　　　收

BOD 數位出版事業部

......................................................................

（請沿線對折寄回，謝謝！）

姓　　名：_____　年齡：_____　性別：□女　□男

郵遞區號：□□□□□

地　　址：_____

聯絡電話：(日) _____　(夜) _____

E-mail：_____